Die
BESTIMMUNG
des
SCHOTTEN

HIGHLAND JÄGER 5

KEIRA
MONTCLAIR

KAPITEL EINS

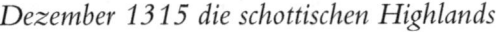

Dezember 1315 die schottischen Highlands

MAITLAND MENZIE WÜRDE nicht noch eine Frau enttäuschen. Er zwang sich, die Galle zurück in seine Kehle zu drängen und trieb sein Pferd zu einem noch schnelleren Tempo an.

Dyna Grants Pferd galoppierte wie wildgeworden vor ihm her, und es bockte und raste im Slalom zwischen den Bäume hindurch. »Dyna, ich bin direkt hinter dir. Bleib im Sattel!« Dyna, Maitland und Alaric Grant waren auf dem Weg zu den Grants. Die drei waren für König Robert auf Patrouille gewesen, doch nun wollten sie die Weihnachtszeit mit ihrem Clan verbringen. Bisher war der Heimritt ereignislos verlaufen, jedenfalls so lange, bis Dynas Pferd durchgedreht war.

Irgendetwas hatte das edle Tier aufgeschreckt, und nun raste es ohne Rücksicht auf Verluste in den Wald und brach durch das Geäst, als wäre es ein Hirsch mit einem Zehnender-Geweih, der auf der Flucht vor Pfeilen.

Er bekam Bauchschmerzen bei dem Risiko,

zu versagen, aber sein Gewissen trieb ihn weiter. Wenn er nicht alles in seiner Macht Stehende tun würde, um Dyna zu helfen, würde er nur als unfähig dastehen.

Aber er durfte nie wieder versagen.

Nicht auf diese entsetzliche Art und Weise, wie er seine geliebte Frau im Stich gelassen hatte. Die Erinnerung an diesen erschütternden Tag ließ ihn nicht mehr los und verfolgte ihn tagtäglich unerbittlich. Zwar sagten ihm alle, die Zeit würde seine Wunde heilen, aber das stimmte einfach nicht. Nicht ein winziges bisschen.

»Dyna, neige dich nach links!«, rief er ihr zu, als das Pferd sich nach rechts neigte und, gefährlich nahe am gezackten Ende eines abgebrochenen Astes vorbeistürmte.

Dyna Grant war eine ausgezeichnete Reiterin, und sie schlug sich tapfer, während sie einen Arm hochhielt, um ihr Gesicht zu schützen. »Das Pferd hat den Verstand verloren! Brr, Moon! Brr!«

Sie ritt ein Pferd, das von dem berühmten Schlachtross ihres geliebten Großvaters, Midnight, abstammte. Genau wie alle Nachkommen von Midnight war Midnight Moon ein gewaltiges Ross, und diese Tiere waren so mächtig waren, dass sie in jeder Schlacht bestanden, und es jedem Wesen und jedem Gelände aufnehmen konnten.

Maitland kannte diesen Waldabschnitt gut, und so raste er vor Dyna her, als sich eine Lücke auftat, und trieb sein Pferd schneller auf eine Lichtung zu, die seines Wissens vor ihm lag. Es war eine Stelle, an der er Dynas Pferd den Weg abschneiden und seiner Flucht ein Ende machen konnte, um es dann zu beruhigen. Hoffentlich würde diese Maßnahme ausreichen, um das Tier wieder zur Vernunft zu bringen, ehe Dyna verletzt wurde. So gut Dyna auch reiten konnte, war ein irres Stürmen durch den Wald niemals sicher. Wenn sie bei diesem Tempo stürzte, würde sie fraglos verletzt werden. Die Frage war nur, wie schlimm.

Würde sie sich das Genick brechen?

Oder das Bein?

Würde sie dabei ein Auge verlieren?

Sich die Lunge mit einem scharfen Ast durchbohren?

Und er trüge ebenfalls Schuld daran.

Er trieb sein Reittier weiter vorwärts und verdrängte diese Gedanken aus seinem Kopf. Er musste vorankommen und sein Bestes geben, denn er musste Dyna als Sühne für das Versagen bei seiner Frau retten.

Wenn diese Sühne überhaupt möglich war.

Maitland nahm die Zügel ein wenig zu stark an, aber sein Pferd reagierte wunderbar, und sie überquerten die Lichtung gerade noch rechtzeitig. Als sie im Zickzackkurs vor Dyna und Midnight Moon her galoppierten, schnaubte sein eigenes Pferd bei dem sich nähernden Schlachtross. Maitland war nicht sicher, ob das eine Warnung oder ein beruhigendes Zeichen war, aber es wirkte.

Midnight Moon wurde allmählich langsamer und blieb dann unvermittelt stehen; Dynas Schwung riss sie im Sattel nach vorn über Midnight Moons Hals, wobei es ihr aber gelang, sich festzuhalten. Dann richtete sie sich auf und streichelte ihrem Pferd den Hals. Maitlands Pferd trat vor und schnaubte Midnight Moon leise zu, was die Bestie noch mehr beruhigte.

Heute war sein Pferd mit Sicherheit mehr der Held als Maitland.

Alaric kam von der anderen Seite heran. »Dyna, was ist passiert?«

»Die Kreuzotter hat ihn erschreckt. Die Schlange ist vor ihm hergeglitten, und zum Glück ist sie weitergekrochen, sonst hätte man uns tot aufgefunden Sie stieg ab und tätschelte Moon den Widerrist. »Dir ist nichts passiert und du musst keine Angst vor der kleinen Schlange haben.« Sie umarmte das Pferd, dann holte sie einen Apfel hervor, den das große Tier mit einem Bissen nahm und geräuschvoll verspeiste.

»Du kannst ihm keinen Apfel geben, ohne ihn zu teilen«, meinte Maitland, während sein Pferd die Nase nach vorne streckte, um seinen eigenen wohlverdienten Leckerbissen einzufordern.

»Das weiß ich. Gut, dass dein Pferd geschnaubt hat. Das hat Moons Aufmerksamkeit auf perfekte Weise geweckt. Danke, Maitland. Ohne deine schnelle Auffassungsgabe wären wir jetzt vielleicht schon auf halbem Weg zum Meer.« Sie reichte Maitlands Pferd einen Apfel und rieb ihm die Nase.

»Ich bin froh, dass du unverletzt bist, Dyna.« Maitland stieß einen Seufzer der Erleichterung aus, aber es war sein Pferd gewesen, das sie gerettet hatte und nicht er.

Die stets kluge Dyna warf ihm allerdings einen

vielsagenden Blick zu, als sie wieder aufstieg. »Ich kenne diesen Blick, Menzie. Du warst es, der das Pferd angetrieben und vor mich gebracht hat, nicht das Tier. Du bist es, auf den es gehört hat. Auf dich. Es hört auf niemanden sonst außer dir. Hör auf, dich zu quälen.«

Da er unfähig war zu sprechen, antwortete er mit einem Nicken. Dynas Dankbarkeit auszuschlagen, würde sie entehren, doch es wollten ihm keine würdigen Worte über die Lippen kommen. Sie blieben ihm im Hals stecken und er erstickte beinahe daran. Jeder einzelne Erinnerung an seine Frau zerrte an seiner Seele. Maitland war ein vielgeplagter Mann.

Alaric schaute zum Himmel hinauf und meinte: »Wir sollten weiterziehen. Ich mag weder das die Atmosphäre, die in der Luft hängt, noch das Bild das der Himmel zeigt.« Die Winter in den Highlands konnten grausam sein, niemand wusste das besser als sie selbst.

»Aye, ich würde gerne vor einem warmen, prasselnden Feuer sitzen, ehe sich diese Wolken über uns öffnen. Wir sollten in einer Weile dort sein«, pflichtete Dyna ihm bei, die ihr Pferd hinter Maitland hielt, um es unter Kontrolle zu halten. »Wir können uns nicht noch so einen Schneesturm leisten, wie wir ihn bei Inverness hatten.«

Schweigend ritten sie ihrem Ziel entgegen und die Pferde liefen in einem zügigem, aber sicherem Tempo, um schon bald das Gebiet der Grants zu erreichen und kurz darauf vor den Toren der Burg zu stehen. Es war nicht die rechte Zeit zum

Reden, was Maitland natürlich Gelegenheit gab, seinen Erinnerungen nachzuhängen.

Seit dem Tag, an dem seine Frau im Alter von nur zweiundzwanzig Wintern gestorben war, wurde Maitland nun von seinen Erinnerungen verfolgt. Sie war ein hübsches Mädchen gewesen, und zehn Jahre jünger als er, doch in jeder anderen Hinsicht war sie ihm ebenbürtig. Das lag nun mehr als fünf Jahre zurück und der Kummer und die Wut, die damals Besitz von ihm ergriffen hatten, waren nie verblasst. Sie beide waren von den Engländern gefangen genommen und im Kerker irgendeiner schottischen Burg, an die er keine Erinnerung mehr hatte, festgehalten worden. Zunächst waren sie zusammen gewesen, doch dann hatte man sie getrennt.

Er hatte ihren Schreien eine Ewigkeit zuhören müssen, bis sie zu einem Wimmern abebbten und schließlich ganz verstummt waren.

Er hatte mit Bärenkräften an der Kette gezerrt, die ihn an die Wand fesselte, dass er dachte, sie losreißen zu können. Hätte er ein Messer gehabt, hätte er sich die Hand abgetrennt, um ihr zu Hilfe zu kommen, aber er war machtlos gewesen. Dann schleppten sie ihren toten Körper in seine Zelle, und er hielt sie, wobei er eine Ewigkeit schluchzte.

Er war so verstört, dass die Engländer keine weiteren Informationen aus ihm herausbekommen konnten. Und er war auch so erschüttert, dass er sich nicht einmal an die Fragen erinnern konnte, die sie ihm gestellt hatten. Ihm war egal, was sie ihm angedroht hatten, denn es spielte ohnehin keine Rolle. Nichts spielte mehr eine Rolle, nachdem er seine geliebte Frau verloren hatte. Seine süße Nesta war zu Tode geprügelt worden. Das war zumindest seine Vermutung. Ihr Gesicht wies nur einen blauen Fleck auf, und den Rest ihres Körpers wollte er aus Respekt nicht betrachten. Sie war in eine schwere Decke eingewickelt gewesen und er hatte sie darin liegen lassen. Ihr war immer kalt gewesen, während sie ihr Kind trug. Wie sehr hatte er es geliebt, ihr über ihren runden Bauch zu streicheln, wenn sie zusammen im Bett lagen. Wie sehr hatte er sich danach gesehnt, sein allererstes Kind kennenzulernen, dessen Zeit, zur Welt zu kommen, fast erreicht war.

Sowohl Nesta als auch ihr ungeborenes Kind waren einsam in einer eisigen Burg gestorben, und er hatte ihnen nicht helfen können.

Wie konnte er je wieder mit sich selbst in Einklang kommen?

Er hatte mit der Zeit gelernt, den Schmerz zu verdrängen, wenn er sich mit anderen Dingen beschäftigen musste, aber hin und wieder, wenn die Erinnerungen seine Sinne übermannten, reiste er in den Norden zum Grant Clan. Hier hatte er Freunde, die ihm halfen, seinen Schmerz zu lindern, und die ihm zu verstehen halfen, dass er die Schuld nicht allein trug.

»Alaric, wie nahe sind wir? Ich habe nicht auf die Orientierungspunkte geachtet.« Alaric war Jamie Grants Sohn, und Jamie führte den Clan gemeinsam mit seinem Bruder als Laird.

»Wir haben das Gebiet der Grants gerade eben

betreten, also ist es nicht mehr weit. Einer meiner Onkel oder mein Vater werden bald zu uns stoßen – sie gehen oft auf Patrouille. Mit wem willst du dich treffen? Du sagtet, du wolltest ein paar Tage bleiben und Zeit mit Freunden verbringen.«

»Connor und Finlay. Wir drei reden gerne über die alten Zeiten, als Alex noch lebte.«

Dyna wies auf die Aussicht auf das Grant Castle das auf dem Hügel zu sehen war. »Wir sind fast da. Mein Vater wird sich freuen, dich zu sehen, Maitland. Er freut sich immer über die Unterhaltungen mit dir.« Die Burg war im Laufe der Jahre gewachsen und jetzt prangten sechs Türme und drei Stockwerke auf seinem Bergfried. Jedes der Kinder von Alex und Maddie Grant hatte einen eigenen Turm für seine Familie, während Maeve, die als einziges noch unverheiratete Kind übrig war, im Hauptturm lebte. Jake, der Älteste, war vor einigen Jahren verstorben, und nun bewohnten sein Sohn Alasdair und seine Familie diesen Turm.

»Und du musst darauf brennen, deine Kleinen zu umarmen«, meinte Maitland zu Dyna. »Wie viele sind es jetzt?«

»Drei. Zwei Mädchen und ein Junge. Obwohl er der Kleinste ist, liebt er es, mit seinen Schwestern zu kämpfen. Hoffentlich wird Derric nicht ganz aus dem Häuschen geraten. Ich habe ihm ein neues Schwert von Onkel Gregor mitgebracht, und ich habe neue Bögen für die Mädchen von Tante Merewen. Und auch Strumpfhosen.«

Maitland konnte sich ein Lächeln nicht verkneifen, als er an Dynas Mädchen und ihre

Bögen dachte. Die beiden waren zierlich gebaut, aber kräftig und sie benahmen sich wie kleine Bogenschützinnen, genau wie ihre Mutter auch. Wie sehnlich er sich wünschte, dass er und Nesta eine Familie hätten gründen können. Oft hatte er an das Kind gedacht, das sie verloren hatten. War es ein kleiner Junge oder ein Mädchen gewesen? Vielleicht hätte es den Schmerz gelindert, wenn er ein Kind gehabt hätten, um das er sich hätte kümmern müssen, das ihn beschäftigt hätte, und das dafür gesorgt hätte, dass ein bisschen Nesta in seinem Leben geblieben wäre. Das war der einzige Grund, warum er noch auf Patrouille ging. Es ging darum, sich zu beschäftigen und anderen zu helfen.

Er konnte den Gedanken nicht ertragen, dass jemand das Gleiche wie er durchmachen musste.

Hin und wieder musste er allerdings zum Grant Clan zurückkehren. Connor Grant und Finlay MacNicol wussten, wie sie ihm helfen konnten, denn sie hatten beide ähnliche Erlebnisse durchlitten. Connors Frau war von einem Mann mit Spinnen gequält worden, der es offenbar genoss, Angst zu verbreiten, und Finlays Frau Kyla war in einer ähnlichen Situation gewesen wie Maitland und Nesta. Letztendlich hatte Finlay sie befreien können, aber er sprach oft davon, wie hart es gewesen war, als ihr Vater kam, um sie abzuholen. Damals waren sie noch nicht verheiratet gewesen, und Finlay hatte befürchtete, Alex Grant würde ihm ein Schwert in den Bauch rammen, wenn er sie zusammen erwischte. Aber der Mann war dankbar gewesen, als er gesehen hatte, dass Finlay sie nur gerettet und nicht verletzt hatte. Sogar Jamie war ihm eine Hilfe mit seinem Verlust fertig zu werden. Er hätte Gracie beinahe durch ihre Verheiratung mit einem anderen verloren, und er oft hatte er gesagt, dass er selbst das nicht hätte ertragen können.

Sich mit einem dieser Männer auszutauschen, half ihm, seine dunkelsten Momente zu überstehen. Er bemühte sich nach Kräften, seine Eltern nicht mehr an seinem Kummer teilhaben zu lassen. Sie hatten genug durchgemacht.

»Ich sehe einen oder zwei Lairds auf dem Weg hierher«, rief Alaric über die Schulter. Mit einem Grinsen stieß er den Grant Schlachtruf aus, der von fünf weiteren Männern beantwortet wurde.

Maitland musste lächeln. Er liebte diesen Clan fast so sehr wie seinen eigenen und den Ramsay Clan. Seit Jahrzehnten schon hielten die Clans ihre engen Beziehungen aufrecht.

Connor und Jamie Grant, die Anführer des Clans, kamen mit breitem Lächeln und Willkommensrufen heran. »Dyna, dein Mann ist sehr froh, dass du zu Hause bist. Und deine Mädchen können es kaum erwarten, dich zu sehen.«

»Und Sandor?« Derric und Dynas einziger Sohn waren liebevoll nach Alexander Grant benannt, und sein ungewöhnlicher Name kam zustande, weil Alick, Elshander und Alasdair bereits von anderen Mitgliedern des Clans ausgesucht worden waren.

»Sandor geht es gut. Als wir gingen, war er

damit beschäftigt, zuzusehen, wie deine Töchter Derric vollkommen durcheinanderbrachten.«

Dyna schüttelte den Kopf und ihr nahezu weißes Haar flatterte im Wind, obwohl es am Scheitel ordentlich zurückgebunden war. »Großmutter ist ihm nicht zur Hilfe gekommen?«

»Sie haben Sela auch total verwirrt.« Ihr Vater grinste. »Es hat wirklich Spaß gemacht, den beiden zuzusehen, wie sie sich gegen ihren Vater verschworen haben.«

Jamie Grant unterbrach ihn. »Genug von eurer Familie. Alaric, bist du wohlauf?«

»Aye, Dad. Auf dem Gebiet der Camerons ist alles in Ordnung, wie Onkel Connor dir bestimmt schon erzählt hat. Dieses Mal haben wir nicht viel Ärger erlebt. Zurzeit scheint es etwas ruhiger zu sein.«

Maitland hörte dem Geplauder nur zu gern zu, doch wie aus dem Nichts peitschte eine kalte Brise auf und lenkte seine Aufmerksamkeit auf die Umgebung. Tatsächlich erschien ein Wirbel grauer Wolken über ihnen, die rasch über den Himmel dahinzogen und die Bedrohung durch schlechtes Wetter mit jedem Moment näher brachten. Rasch brach die Dunkelheit herein schnell herein, und die letzten Sonnenstrahlen verschwanden hinter den stürmischen Wolken.

»Kommt ein Schneesturm oder ist es Regen? Die Temperatur ist niedrig genug für beides.« Maitland hob den Kopf in den Wind. »Ich bin froh, dass wir bald ankommen werden Ich habe Angst davor, mitten in den Highlands in einem Schneesturm stecken zu bleiben. Erst vor kurzem sind wir in Inverness in einen Schneesturm geraten. Einer ist wahrhaftig genug!«

»Es gibt nur einen Weg, damit klarzukommen«, meinte Jamie. »Ihr müsst die nächstgelegene Höhle aufsuchen. Es kann euch das Leben kosten, wenn ihr versucht den Weg während eines Schneesturm zu finden. Der Schnee hat die Gabe, euch zu hypnotisieren und euch in die falsche Richtung zu schicken.«

Dyna drehte sich in ihrem Sattel. »Lasst uns schneller reiten. Es gibt eine Strömung von wärmerer Luft, die mir nicht gefällt. Die Wärme kämpft gegen die Kälte, und das ist nie ein guter Kampf.« Damit zog sie ihren Schal enger um den Hals und forderte ihr Pferd zum auf Galopp. Maitland folgte ihr. Er vertraute Dynas Instinkten mehr als seinen eigenen, selbst wenn sie nicht im Einklang waren.

Fast schon waren sie am Ziel, als die Wolken aufbrachen und sie in einen eisigen Regen tauchten, der ihm so kalt in die Knochen drang wie schon lange nicht mehr.

»Los, Dyna.« Sie ritt vor ihm und wurde langsamer, weil ihr Pferd im Regen unruhig wurde. Connor lenkte sein Pferd neben ihres und ergriff Midnight Moons Zügel.

»Wir sind fast bei den Stallungen. Wir werden sie alle ins Hauptgebäude bringen. Es ist groß genug, um alle Tiere dort unterzubringen.« Der Grant Clan hatte so viele Pferde, dass sie mehrere Ställe rund um die Burg unterhielten. Connor stieß einen scharfen Pfiff aus, als sie sich näherten, und Maitland war froh, als er erkannte, wie ein paar Burschen die Türen an einem Ende öffneten, um sie alle einzulassen.

Maitland fröstelte, als er absaß und sein Pferd in den Stall führte. Die Tiere reagierten auf den Wetterumschwung und waren so nervös, dass er befürchtete, sie würden durchgehen.

»Ruhig«, flüstert er seinem Pferd zu, rieb ihm den Widerrist und führte es dann in einen Stall, wo er es bürsten und ihm etwas Hafer geben konnte. Nachdem er das Tier beschwichtigt hatte, ging er wieder hinaus, um den anderen behilflich zu sein, doch aus dem Augenwinkel erspähte etwas durch die Tür, die einen Spalt offen gelassen worden war.

Jemand rannte mit einem Korb über das Gelände und steuerte vom nahen Obstgarten auf den Bergfried zu. Er hätte nicht weiter darauf geachtet, weil die Frau leicht in den Bergfried gelangen konnte, aber dann verlor sie im strömenden Regen das Gleichgewicht und fiel mit dem Rücken in einen Steinhaufen.

Sie bewegte sich nicht, und machte nicht einmal Anstalten, wieder aufzustehen. Maitland hatte keine andere Wahl, als ihr zur Hilfe zu kommen. Als er bei ihr angelangt war, beugte er sich zu ihr hinunter, um ihr aufzuhelfen, aber das Mädchen war bewusstlos geworden.

Er hob sie in seine Arme, was bei dem Regen keine einfache Sache war. Die Wolle ihres Rocks war durchnässt, und sie hatte eine stabile Figur – es war genau der Typ, den er mochte, wenn er das Mädchen nicht gerade tragen musste. Ihr Kopf sackte nach hinten, die Kapuze baumelte frei. Der Regen prasselte auf ihr Gesicht, aber sie zeigte keine Reaktion. Maitland betrachtete sie und war überrascht, dass sie sogar so durchnässt und mitten im Sturm schön aussehen konnte.

Connor tauchte hinter ihm auf. »Ist das Maeve? Bring sie rein. Ich mache die Tür auf, damit du sie in den Bergfried bringen kannst. Von dem Aufprall wird sie sicher eine Beule bekommen.«

Der Himmel wurde von Blitzen aufgehellt, als sie durch den Innenhof auf den Bergfried zueilten. Jamie und Dyna sausten hinter ihnen her. »Was ist passiert?«

»Sie ist gestürzt und hat sich den Kopf angeschlagen«, antwortete Maitland, der sein Bestes tat, um ihr Gesicht vor dem strömenden Regen zu schützen.

Drinnen führte Connor ihn in die Heilkammer, die am Ende des Korridors lag und die früher einmal Alex und Maddies Kammer gewesen war. »Leg sie auf das Bett. Wir gehen Gracie suchen.«

Die anderen gingen hinaus und er setzte Maeve ab, ehe er seinen Umhang an einem Pflock in der Nähe aufhängte. Sein Tropfen verursachte ein leises plätscherndes Geräusch auf dem Steinboden. Aber er war nicht so durchnässt wie die arme Maeve. Er setzte sie auf und tat sein Bestes, um ihr den Umhang abzunehmen, obwohl es ein Kampf war, weil das Kleidungsstück so schwer von dem Wasser und sie noch immer nicht aufgewacht war. Doch als er an einem Ärmel des Kleidungsstücks zog, schlug sie flatternd die Augen auf und sah ihn an.

»Wo bin ich? Was ist passiert?«

Er nahm ihr den Umhang ab und hängte ihn an den Kamin. Dann setzte er sich wieder auf die Bettkante, und sie lehnte sich an ihn. Er war froh, dass er ihr jede erdenkliche Unterstützung bieten konnte. Dann zog sie sich zurück und starrte ihn an.

»Bin ich tot?«

»Nein, Maeve. Du bist in der Heilkammer. Du hast dir den Kopf gestoßen.«

Sie hielt inne und sah sich um, als ein unheimliches goldenes Leuchten um ihren Kopf herum aufflammte. Er konnte seinen Blick nicht abwenden, obwohl er sich zurücklehnte, um sie ganz zu sehen. »Maeve?«

Was er sah, war nicht zu übersehen. Sie sah wie ein Engel aus.

Ein Engel vom Himmel.

KAPITEL ZWEI

MAEVES KOPF DRÖHNTE, als hätte ihn jemand mit einem Hammer bearbeitet und der Schmerz war fast unerträglich. Und sie war von Kopf bis Fuß mit Schlamm besudelt. Sie setzte sich auf dem Bett auf und fuhr sich mit der Hand vorsichtig an den Hinterkopf. Als ihre Finger über die Beule strichen, die sie dort fand, zuckte sie vor Schmerz zusammen.

Gracie stürmte herein und ihre beiden Töchter kamen hinter ihr her, aber sie blieb stehen, um mit Maitland zu sprechen. »Wie hast du sie gefunden?«

»Ich sah aus dem Augenwinkel, wie sie rannte. Sie war gerade an dem Steinhaufen vorbeigekommen, den ihr für die Reparatur der Mauer dort lagert. Und dann ist sie ausgerutscht und hingefallen. Gerade erst ist sie wieder zu sich gekommen. Ich habe versucht, ihr die nassen Kleider auszuziehen, aber nur so weit das angemessen war.«

»Vielen Dank an dich, Maitland. Wir sind gesegnet, dass du dort warst, um den Unfall zu beobachten. Meine Tochter wird dir eine

Kammer suchen, in der du dir trockene Kleidung anziehen und etwas zu essen finden wirst, um dich wieder aufzuwärmen.«

Maitland drehte sich um, um Maeve noch einmal anzusehen, und so flüsterte sie: »Ich danke dir, Maitland.« Ein Erröten erhitzte ihre Haut wie eine warme Decke, und sie wünschte, sie könnt dies verhindern ohne allerdings zu wissen, wie sie das anstellen sollte, da es fast unmöglich war. Schon immer war sie viel zu leicht rot geworden.

»Es war mir eine Ehre, dir zu helfen, Maeve«, entgegnete er, und sein Blick traf den ihren so fest, dass sie im Stillen errötete und dies bis tief in den Bauch fühlte. »Ich wünsche dir eine schnelle Genesung.«

Maitland war ein sehr gut aussehender Mann, selbst wenn er durchnässt war, und sein dunkles Haar stand in nassen Locken ab, was ihm ein geheimnisvolles Aussehen verlieh. Bevor er sich umdrehte, machte er den Mund auf, und sie konnte nicht anders, als sich zu fragen, was er wohl gerade dachte. Seine Augen hatten die Farbe von dunkelstem Holz auf den Bäumen und seine Haut war von der Sonne bronzen. Die dunkle Bartstoppeln an seinem Kinn ließ sie vermuten, dass er sein Kinn glatt rasiert hielt, es sei denn, er befand sich auf Reisen.

Oder vielleicht war er wie manche Männer, die sich einen Bart wachsen ließen, wenn das Wetter kälter wurde. Der Winter stand vor der Tür, und wie ihr lieber Vater zu sagen pflegte: »Der Bart wird mein Gesicht wärmen, Maeve. Hab keine Angst vor meinem Bart.«

Sie stieß einen tiefen Seufzer aus und wünschte, ihr Vater wäre noch hier. Maitland ging hinaus und Gracie, die nun näher kam, führte ihre Hand zur Beule an Maeves Hinterkopf. »Das wird eine Weile wehtun, meine Liebe. Wir sollten dich erst einmal aus diesen nassen Kleidern befreien, dann werde ich einen Trank für dich bereiten, der dir gegen die Schmerzen hilft. Und ein kalter Umschlag wird die Schwellung abklingen lassen.«

»Ich würde gerne aus diesen Kleidern herauskommen«, sagte sie und ein kleiner Schauer durchfuhr sie.

»Was ist passiert?«, fragte Gracie, die an Maeves Tunika zog, um sie ihr über den Kopf zu ziehen.

»Ich habe versucht, die letzten Birnen und Äpfel aus dem Obstgarten zu retten, als der Sturm kam. Mir blieben nur ein paar Augenblicke, um wieder nach drinnen zu laufen und ich habe zu lange gezögert. Ich weiß nicht, wo mein Korb abgeblieben ist, aber die wenigen Birnen sind wahrscheinlich schon zu Mus geworden. Die Bäume trugen keine Früchte mehr, wie sie es sonst tun. Ich weiß nicht, warum.«

»Wir haben reichlich zu essen, und das weißt du. Der Sommer war zu trocken, sodass die Ernte ein bisschen mager ausfiel, aber nicht so mager, um uns zu schaden. Sorge dich nicht Maeve. Jeder Obstgarten hat gute und weniger ertragreiche Jahre.« Gracie schob die vereinzelten Haare, die sich aus ihrem Zopf gelöst hatten, hinter Maeves Ohren. Aus der Nähe konnte Maeve einige weiße Haare erkennen, die sich unter das Gold gemischt hatten, aber aus der Ferne waren sie nicht zu erkennen.

War Maeves blondes Haar ebenfalls von weiß durchzogen? Mit sechsunddreißig war sie kein junges Mädchen mehr. Ihr Vater hatte recht gehabt, als er ihr mitgeteilt hatte, ihre Zeit sei abgelaufen, sich nach einen Ehemann umzuschauen.

Wahrscheinlich war es schon längst zu spät.

Maeve hatte keine Ahnung, wer ihre wahren Eltern gewesen waren, aber sie hatte ihre Adoptiveltern, Alex und Maddie, vergöttert. Als sie die beiden, einen nach dem anderen, verloren hatte, war ihr das Herz gebrochen und sie trauerte nicht weniger um sie als ihre Adoptivgeschwister. Maeve erachtete es als ihre Pflicht, ihren Beitrag zum Clan zu leisten – sie war eine Grant, und dem Clan ebenso so loyal und treu ergeben wie jeder andere. Ihr größter Beitrag bestand in der Pflege des Obstgartens, den sie zusammen mit Maddie vor vielen Jahren angelegt hatte. Sie hatten einen kleinen Bereich innerhalb des Ringwalls angelegt, damit alle Früchte dem Clan zugutekommen würden.

Außerhalb der Mauer hatte ihr Vater ebenfalls einen Obstgarten gepflanzt, den sie allerdings nur gepflegt hatte, als Alex hier war, der sie beschützte. Seit seinem Tod war sie zu ängstlich, um sich außerhalb der Ringmauer aufzuhalten. Vielleicht musste sie jemanden finden, der sie begleitete, um sicherzustellen, dass sie genügend Vorräte hatten, ehe der Winter wirklich eintrat. Sie wusste, wen sie fragen würde.

»Warum ist Maitland hier?«, fragte sie.

»Ich glaube, er ist mit Dyna gekommen. Er stattet Connor, Jamie und Finlay immer gern einen Besuch ab.« Nachdem Gracie Maeve beim Waschen und beim Anziehen einer trockenen Tunika geholfen hatte, trat sie an den mittleren Tisch, um einen Trank zu mischen. »Tut dir noch etwas weh, Maeve?«

»Nur mein Stolz. Vielen Dank für deine Hilfe – es hat mir sehr geholfen, wieder sauber zu werden. Aber wie bin ich hierhergekommen? Ich kann mich an nichts erinnern, außer dass ich im Schlamm ausgerutscht bin.«

»Maitland hat dich gefunden und hergebracht.«

Sie keuchte. »Aber ich bin viel zu schwer. Hat er das? Wirklich?«

»Ja, Maeve, so schwer wie du bist. Du bist kräftig gebaut und das ist Maitland auch. Mit dir ist alles in Ordnung. Denk nicht länger darüber nach.« Gracie zwinkerte ihr zu. »Aye, und mit Maitland auch. Meinst du nicht auch?«

Das war auch ihre Ansicht. Tatsächlich konnte sie an nichts anderes denken als an Maitland Menzie.

Wie innig wünschte sie sich, er wäre an ihr interessiert. Oft hatte sie an ihn gedacht, weil er im gleichen Alter war wie sie. Beide waren sie beinahe vierzig Winter alt, und er war einer der wenigen Männer in ihrem Alter, die unverheiratet waren. Als sie noch jünger gewesen war, hatte sie immer davon geträumt, zu heiraten und eigene Kinder zu bekommen, aber diesen Wunsch hatte sie begraben müssen. Jetzt war sie zu alt. Und trotzdem ihr Vater sie immer wieder gedrängt hatte, sich für eine Heirat zu entscheiden, hatte sie nie den Mut aufbringen können, ihm gegenüber den Namen eines bestimmten Mannes zu nennen, schon gar nicht den eines Mannes, der einem anderen Clan angehörte.

Ihr war das Herz ein wenig gesunken, als Maitland Nesta geheiratet hatte, aber sie war froh gewesen, ihn glücklich zu sehen, und sie war traurig wegen seines Kummers, als sie starb. Sie wusste, dass der Verlust seiner Frau in ihm nachwirkte und ihn davon abhielt, sich eine neue Frau zu suchen. Aber diese Trauer bedeutete, dass er zu tiefer Liebe fähig war und bei jedem, der seine Wertschätzung verdiente, leidenschaftlich loyal sein würde.

Wenn nur die Zeit sein Herz geheilt hatte.

Gracie reichte ihr den Kelch mit dem Trank und meinte dann: »Du solltest noch einmal mit Maitland sprechen. Ich glaube, ihr beide würdet gut zusammenpassen, Maeve. Du weißt, dass Papa sich eure Heirat gewünscht hat. Warum nicht Maitland?«

Prompt ließ Maeve den Becher fallen und verschüttete ihn überall.

Gracies Augen funkelten vor Vergnügen. »Ich weiß, was das bedeutet, Maeve!«

Maitland setzte sich auf das Bett in der Kammer, die man ihm hier so oft zur Verfügung stellte, und dachte darüber nach, was er gesehen hatte. Maeve hatte tatsächlich eine goldene Aura um ihren Kopf gehabt. Was zum Teufel hatte das zu bedeuten? Und warum war das nicht passiert, während ein anderer Zeuge des seltsamen Vorfalls gewesen war?

Er schüttelte den Kopf und fragte sich, ob er für einen Moment eingeschlafen war und diese seltsame Vision nur geträumt hatte. Niemand würde ihm das glauben, wenn er davon erzählte. Er war von der langen Reise erschöpft, würden ihm zweifelsohne jeder versichern wollen.

Nun ja. Mehr gab es eben nicht dazu zu sagen. Jetzt, da er sich dies gemerkt hatte, suchte er in der Kommode nach einer sauberen Tunika. Stets bewahrten die Grants Kleidung zum Wechseln in den Gemächern ihrer Gäste auf. Er zwang sich, nicht weiter daran zu denken, wie sehr er sich zu Maeve hingezogen gefühlt hatte. Er war einfach schon zu lange ohne Frau gewesen. Maeve war nicht die Richtige für ihn und es war unangebracht, sich zu viele Gedanken über sie zu machen. Seine Liebe galt seiner verstorbenen Frau, Nesta. Sie war die Einzige für ihn.

Oder etwa nicht? Er fragte sich, was sie sagen würde, wenn ihr Geist hier wäre, damit er sie fragen könnte. Wäre sie verärgert, wenn er nach fünf Jahren eine andere gefunden hätte? Oder würde sie sich wünschen, dass er eine Gefährtin hätte?

Er zog sich um, trocknete sein langes Haar mit einem Tuch und wusch sich Gesicht und Hände, bevor er wieder nach unten in die große Halle ging. Dort stand Connor an der Anrichte und füllte zwei Becher mit Ale, als eine der

Dienstmägde zwei Fleischpasteten für sie brachte.

»Perfekt«, meinte Maitland, als er sich Connor näherte, der ihm einen der Becher entgegenhielt. »Ich danke dir. Ich werde mich kurz am Feuer wärmen, bevor ich mir die Fleischpastete munden lasse.«

Connor ließ sich auf einem Stuhl am Feuer nieder, und Maitland folgte ihm. »Ich stehe in deiner Schuld, weil du Dynas Pferd beruhigt hast. Sie hat mir erzählt, was passiert ist. Wir sehen hier nicht viele Kreuzottern, vor allem nicht bei diesem Wetter, aber die Pferde mögen sie ganz und gar nicht.«

»Sie hätte das schon geschafft. Du weißt, dass deine Tochter mit jedem Pferd umgehen kann.« Maitland nahm sich einen Stuhl und richtete den Blick ins Feuer. Was würde er tun, wenn Dyna, die er wie sein eigenes Blut liebte, etwas zustieß? Manchmal wurde ihm die Verantwortung für die Patrouille zu viel, und deshalb ritt er dann zu den Grants, um Kameradschaft zu pflegen und sich zu unterhalten.

»Du bist nicht gekommen, als wir dich erwartet hatten. Was ist jetzt in deinem Kopf?«, fragte Connor und lehnte sich in dem großen Stuhl seines Vaters zurück.

Immer gelang es dem Mann zu erraten, was Maitland dachte, als wären sie als Zwillingsbrüder geboren worden. »Das Übliche. Die Reise nach Inverness, als Ceit und Brin eine Nacht in der Höhle verbringen mussten. Ysenda hatte sich das Bein gebrochen. Lewis hatte auch Schmerzen.

Ich frage mich, ob ich irgendetwas davon hätte verhindern können. Ich habe das Gefühl, als hätte ich den Trupp im Stich gelassen.«

»Du bist zurückgekehrt, um sie zu holen, und sie waren da, ja?«

»Aye.« Er seufzte. »Das ist auch gut so. Marcas hätte sie beinahe zur Heirat gezwungen, als wir nach Black Isle zurückkehrten, und zwar bevor sie dazu bereit waren, doch dann hat er sich wieder beruhigt. Brin hatte gar nicht daran gedacht, ihr auf Marcas´ Befehl hin einen Heiratsantrag zu machen. Das beabsichtigte er, zu seinen Bedingungen zu tun.«

»Und wie ich Logan Ramsays Enkelin kenne, war sie auch nicht darauf erpicht, zu einer Ehe gezwungen zu werden.«

Maitland schnaubte, dann flüsterte er: »Die sind doch alle gleich, oder?«

Connor blickte ihn mit einem breiten Grinsen im Gesicht an. »Sind sie das?«

»Aye. Isla, Reyna, Ceit, Ysenda, Thea. Allesamt sture, unbeugsame Frauen und mächtige Bogenschützinnen, ganz so wie deine Tochter. Ihre Fähigkeiten mit dem Bogen sind erstaunlich, und ich könnte euch nicht sagen, wer die Beste ist. Gwyneth ist auf alle so stolz.«

»Und Logan sicher auch.«

»Aber das wird er nicht zugeben.» Sie lachten darüber, denn sie kannten die Wahrheit.

»Natürlich nicht«, meinte Connor. »In unserem Clan waren es die Jungs, die alle gleich waren. Alasdair, Alick und Els, allesamt Krieger. Dyna war das einzige Mädchen in der Gruppe.«

»Aber sie ist eine der Stärksten, ob Mann oder Frau.«

»Ja, das ist sie. Sela und ich sind so stolz auf sie, wie wir es auch auf Astra und Hagen sind. Wir sind wirklich gesegnet.«

»Und wie war Großmutter mit den Kindern, während ihre Mutter weg war?» Maitland wusste, dass Dyna es liebte, darüber zu scherzen, wie die Mädchen ihre Großmutter aus dem Konzept bringen konnten. Sandor tat im Grunde, was er wollte, und ignorierte die beiden Mädchen, was seine Schwestern zur Verzweiflung bringen konnte.

»Ihr werdet schon sehen. Sie werden morgen hier sein, sobald sie erfahren, dass ihr hier seid.«

Maitland griff nach seiner Fleischpastete, nahm einen Bissen und kaute langsam, während er in die Flammen starrte. Wie sehr wünschte er sich, er wäre verheiratet und hätte eigene Kinder. Er verstand nicht, warum das Schicksal ihn auf einen anderen Weg geschickt hatte.

»Was gibt es Neues von Maeve? Denkt Gracie, dass mit ihr alles in Ordnung sein wird?«, fragte Connor.

»Ja. Sie ist schwer gestürzt. Die Beule wird ihr noch eine Weile wehtun. Warum war sie bei diesem Wetter draußen? Jeder weiß, dass es insbesondere in dieser Jahreszeit klug ist, den Himmel im Auge zu behalten.« Maitland wischte sich die Krümel von den Fingern, nachdem er den letzten Bissen seiner Pastete verspeist hatte. »Köstlich.«

Connor runzelte die Stirn. »Seit wir Pa verloren

haben, hat Maeve einige Schwierigkeiten. Ich sollte dir das wahrscheinlich nicht erzählen, aber ich vertraue auf deine Verschwiegenheit. Sie wacht nachts oft auf, weil sie von Albträumen geplagt wird. Das war schon immer so, weshalb sie auch in einem Bett schlief, das in der Kammer meiner Eltern stand, als sie noch klein war. Papa und sie hatten eine starke Bindung – und nie hatte sie sich groß für irgendwelche jungen Burschen interessiert, sondern ist lieber in Papas Nähe geblieben. Niemand weiß, wie ihren ersten Jahre verlaufen sind, aber sie waren ganz bestimmt nicht gut. Sie kann sich an nichts aus ihren Albträumen erinnern, außer der Dunkelheit, doch ihre Angst will einfach nicht nachlassen.«

»Nun, da Alex nicht mehr unter uns ist, will sie da keinen Ehemann finden, der sie beschützt? Vermutlich hat ihr jemand wehgetan, als sie noch ein kleines Kind war, und davor fürchtet sie sich noch immer. Es muss jemand Böses aus ihrer Vergangenheit sein.«

»Ich würde dir zustimmen, aber es ist noch zu früh. Jeder Grant würde sie beschützen, wenn sie darum bitten würde. Derzeit hält sie sich innerhalb des Ringwalls auf und verbringt ihre ganze Zeit mit der Pflege des Obstgartens.«

»Aber euer größter Obstgarten liegt außerhalb der Mauer.« Müsste nicht der größere Obstgarten mehr Aufmerksamkeit erhalten als der kleinere? Offenbar ging Maeve die Dinge anders an, wenn ihr Verhalten ihn auch verwirrte.

»So ist es, und Papa hat viele dieser Bäume

gepflanzt, aber ihre Angst ist einfach zu groß, um sich allein so weit zu wagen. Früher hat sie diese Bäume zusammen mit Papa gepflegt, aber ohne ihn wird sie sich nicht so weit hinaus trauen. Maeve und Mama haben den inneren Obstgarten vor vielen Jahren angelegt, und es ist, als stünden die beiden Obstgärten für Mama und Papa. Die Bäume müssen wachsen und gedeihen, sonst sorgt Maeve sich, als würde es Mama oder Papa selbst schlecht gehen. In diesem Sommer war es ein wenig zu trocken und darunter hat die Ernte gelitten. Nicht in dem Maße, um uns zu beunruhigen, aber genug, damit Maeve sich Sorgen macht.«

»Es ist eine traurige Situation. Vielleicht gewinnt sie mit der Zeit mehr Selbstvertrauen. Oder könnte es eventuell daran liegen, dass wir uns dem Jahrestag von Alex´ Tod nähern?«

»Das wäre möglich. Aber sag mir, hast du immer noch keine Frau gefunden, die zu dir passt? Ich hatte gehofft, du würdest bei all den jungen Frauen, die auf Patrouille sind, sicher eine finden, die zu dir passt.«

Maitland schüttelte den Kopf. »Sie sind zu jung, Connor. Es sind hübsche Mädchen, aber zu jung für mich. Ich versuche nur, sie am Leben zu erhalten. Sie sind alle jung genug, um sich für unbesiegbar zu halten. Du weißt ja, wie es in diesem Alter ist. Außerdem bin ich mit vielen von ihnen verwandt.«

»Dann suche dir eine ältere Frau. Unsere Lebensweise hat mehr als eine Frau viel zu jung zur Witwe gemacht, wie auch du es bist. Es muss ein paar Frauen auf eurem Gebiet geben.. Oder bei den Camerons.«

»Hoffentlich bin ich bald bereit dazu.«

»Nach fünf Jahren solltest du bereit sein. Denk darüber nach. Es gibt viele Frauen, die gehofft haben, du würdest sie in Betracht ziehen, und das weißt du.«

Maitland blickte finster drein. »Noch nicht.«

Wahrscheinlich würde es nie geschehen.

Kapitel Drei

MAEVE STAND AM Tor mit ihrer Schwester Kyla.

»Wenn du willst, halte ich deine Hand, Maeve. Du musst diese Angst überwinden«, meinte Kyla.

Maeve kämpfte gegen die Tränen an, die ihr über die Wangen zu laufen drohten. »Ich würde wirklich gern gehen, aber meine Füße wollen sich einfach nicht bewegen. Aber vielleicht kann ich mit dir gehen.« Sie hielt inne und holte tief Luft, um sich davon zu überzeugen, dass dies der richtige Zeitpunkt war, diesen Schritt zu tun. Es war tatsächlich der richtige Zeitpunkt. »Es ist Zeit für mich, mich meinen Ängsten zu stellen. Deine Unterstützung hilft mir, stark zu sein, Kyla.« Maeve bewunderte ihre geliebte Schwester, insbesondere deshalb, weil sie ihr nie vorwarf, wie ihre Mutter zu reden. Maddies Mutter war Engländerin gewesen, und sie hatte den schottischen Dialekt nie angenommen. Maeve war mit demselben englischen Akzent wie Maddie zu den Grants gekommen, wenn sie sich auch nicht daran erinnern konnte, ob beide

Elternteile Engländer oder Schotten waren. Kyla sprach wie eine Schottin.

Eine tiefe Stimme unterbrach sie. »Maeve, wie geht es dir heute Morgen?« Maitland kam auf sie zu, und Kyla winkte ihn heran. Er war ein bisschen zu fröhlich, wie Maeve fand, aber da sie Maitland mochte, wollte sie ihm nicht widersprechen.

»Mir geht es gut, Maitland. Ich muss dir nochmals danken, dass du mich in den Bergfried gebracht hast.« Sie lenkte ihren Blick nicht auf ihn, weil sie wusste, dass ihre Augen ihre wahren Gefühle preisgeben würden. Der Mann sah einfach zu schmuck aus.

»Wo wollt ihr hin?« Er stand neben ihr, seine große Gestalt verdeckte das bisschen Sonne, das zwischen den grauen Wolken hervorlugte.

»Ich bin nach draußen gekommen, um nach meinem Korb zu suchen, den ich fallen gelassen hatte, in der Hoffnung, etwas von der gestrigen Ernte zu retten, aber die Früchte haben den Sturm nicht überstanden. Es waren die letzten Früchte aus dem inneren Obstgarten gewesen, also haben Kyla und ich überlegt, im größeren Obstgarten nachzusehen.« Sie sah zu ihrer Schwester und lächelte. »Es sei denn, du hast es dir anders überlegt.«

»Ach nein, Schwester«, rief Kyla aus. »Wir haben jemanden, der uns beschützt, so wie Papa es immer getan hat, also ist es ein guter Tag. um zu gehen. Bist du nicht meiner Meinung?«

»Doch. Maitland, bist du einverstanden? Früher hat Papa mich immer begleitet, und ich spüre seine Abwesenheit im Obstgarten sehr. Aber wenn du mitkommst, wird das wahrscheinlich helfen.« Und er würde ihr beim Überwinden ihrer Angst helfen. Sie war zu alt, um sich solch alberne Sorgen zu machen, es könnte etwas Schlimmes passieren, nur weil Alex Grant nicht hier war, um sie zu beschützen. Im Grant Clan gab es viele starke Männer und Frauen, und sie alle würden ihr helfen, wenn etwas passierte. Das war ihr ohne jeden Zweifel bewusst, und doch drehte sich ihr der Magen um, sobald sie sich auf den Weg zum Obstgarten machte.

»Es wäre mir eine große Freude, dich zu begleiten, Maeve«, erbot sich Maitland. »Bist du bereit?«

Maitland stand einfach da und sah umwerfend aus, während er auf ihre Antwort wartete. Nun war es an der Zeit, sich Mühe zu geben. Und sie wollte so viele Früchte sammeln, wie sie konnte, ehe noch alles verfaulte. Das war ihre Pflicht, die sie gegenüber ihren Clan hatte. Vor langer Zeit war ihr Vater ihr bei der Auswahl ihrer Arbeit behilflich gewesen und hatte sie gefragt, ob sie Äpfel und Birnen mochte. Jetzt blickte sie mit einem Lächeln auf seine schlaue Methode zurück. Er wusste, dass sie Herbstfrüchte liebte, aber er hatte ihr eröffnet, dass die Pflege der Obstgärten ihre Aufgabe werden würde. Es war seine Art, ihr die Wahl zu lassen. Nachdem er ihr erklärt hatte, dass jeder im Clan einen Beitrag leisten sollte, um den anderen zu helfen, hatte sie sich für das Apfelpflücken entschieden, und seitdem hatte er ihr dabei geholfen. Die Birnen waren nur ein zusätzlicher Segen, ihr süßes Fruchtfleisch eine ihrer großen Freuden, aber sie hielten sich nicht so lange wie die Äpfel.

»Ich bin bereit.« Sie tat einen Schritt nach vorn, und dann schlugen sie den Weg zum Obstgarten ein. Maeve ignorierte das Zittern, das in ihr aufkeimte, und schwor sich, dieses Mal nicht umzukehren. Maitland hatte sein Schwert bei sich, und er würde sie beschützen, ganz gleich, wer kommen würde.

Maitland ging voran und ließ den Blick über die Umgebung schweifen. »Ich glaube, du hast noch Äpfel an einigen Bäumen zu pflücken, Maeve. Es ist ein sehr großer Obstgarten. Hast du ihn angelegt?«

»Das war Papa, als ich viel jünger war, aber ich habe ihm geholfen.« Sie war stolz darauf, dass sie ihren Teil dazu beigetragen hatte. Jeden Herbst trug der Obstgarten viele Früchte, und manchmal mehr als sie essen konnten. Es war so schön mitanzusehen, wie die Bäume jedes Jahr wuchsen, dass sie manchmal kichern musste, wenn sie im Frühjahr zum ersten Mal zu Besuch kamen. In diesem Jahr war die Ernte ein wenig spärlicher ausgefallen, doch der Ertrag war ausreichend. Im kalten Keller standen bereits Fässer voller Früchte.

Sie erreichte die Grenze des Obstgartens, der sich an zwei Seiten an den Wald schmiegte. Der Wald war für sie Verursacher der schlimmsten Ängste. Unter den Bäumen war es dunkel und diese Dunkelheit erfüllte ihre Albträume. Maeve konnte sich nie daran erinnern, was sie veranlasst hatte, so laut zu schreien, dass sie sich und ihre Familie aufweckte, aber immer herrschte diese Dunkelheit.

Ihre Eltern veranlassten sie, mit verschiedenen Leuten über ihre Träume zu sprechen – insbesondere mit ihnen selbst, aber auch mit weisen Frauen und Geistlichen und anderen, die ähnliche Schrecken durchlebt und überwunden hatten, aber sie konnte sich nie an mehr als die Dunkelheit erinnern und das Gefühl, dass etwas ihre Arme hochkroch, den Nacken, die ...

Oh, sie musste in der Gegenwart bleiben.

Maitland schritt zu einem Baum hinüber, pflückte mehrere reife Äpfel und ließ sie in Kylas ausgestreckte Decke fallen. Zum Glück hatte es noch nicht stark geschneit, sonst lägen die Früchte jetzt alle auf dem Boden. Der gestrige Sturm hatte einige Früchte heruntergerissen, aber dank der schützenden Bäume des Waldes hingen noch immer viele an den Ästen.

Maeve holte tief Luft und machte sich daran, das Fallobst vom Boden auflesen, wobei sie die Früchte, die noch gut genug waren, um sie zu aufzubewahren, von denjenigen trennte, die zu weich oder beschädigt waren. Die Pferde würden sich an den überreifen Früchten erfreuen, aber sie würden die Wintervorräte ruinieren, also mussten sie von den anderen getrennt werden.

Schon nach wenigen Schritten erstarrte sie beim Geräusch von Pferdehufen. Sie drehte sich im Kreis, um den Verursacher des Geräuschs ausfindig zu machen, doch sie konnte nicht entdecken.

»Maeve, was ist los?«, fragte Kyla.

»Maeve, wen suchst du?«, rief Maitland.

»Die Pferde.« Sie wirbelte wieder herum, die Geräusche wurden lauter.

Kyla legte den Kopf schief und lauschte. »Ich höre keine Pferde.«

Maitland kam auf sie zu, und sie griff nach ihm, als die Gruppe von fünf Pferden durch den Wald brach und direkt auf sie zusteuerte. Sie schrie auf, umklammerte Maitlands Umhang und betete, dass er sie retten würde.

»Maeve! Was ist los?« Kyla eilte näher und sah sich hektisch um.

»Die Männer. Lasst nicht zu, dass sie mich kriegen. Bitte!«

»Welche Männer?«

Maitland drückte sie dicht an seine Seite. »Ich werde nicht zulassen, dass sie dich mitnehmen, Maeve.«

Sie lehnte sich an ihn und brach schluchzend in seinen Armen zusammen. Kyla legte ihr eine Hand auf die Schulter und sprach beruhigende Worte zu ihr, während Maitland ihr den Rücken streichelte.

»Es ist niemand da, Maeve. Das ist deine Fantasie. Aber sieh sie dir mit deinem geistigen Auge an und sag mir, wer sie sind.« Maitland hielt sie fest und flüsterte ihr ins Ohr.

Sie öffnete die Augen, und ihr Blick suchte erneut die Umgebung ab, aber er hatte recht. Es war niemand da. Maeve krampfte ihren Kiefer zusammen, als sich etwas in ihr veränderte. Dieses Mal wurde sie wütend. Hier war sie mit einem

Mann, zu dem sie sich hingezogen fühlte, und er hatte gesehen, wie ihre geheime Angst in ihr ausbrach. Und warum nur? Normalerweise waren ihre Albträume nur das − nächtliche Schrecken. Warum kamen sie ihr plötzlich vor Maitland in den Sinn? Wie konnten diese Albträume es wagen, ihren ersten Tag in diesem geliebten Obstgarten seit Alex´ Tod zu ruinieren?

Maeve blickte zu Maitland auf und gab ihm ihre ehrliche Antwort. »Ich kann ihre Gesichter nicht sehen, Maitland. Aber ich danke dir, dass du hier bei mir bist. Du hast mich vor ihnen beschützt, wenn auch nicht mit deinem Schwert.«

Sie betete inständig, dass er sie für ihre Dummheit nicht hassen würde.

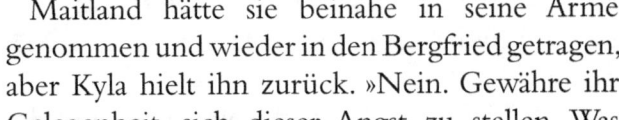

Maitland hätte sie beinahe in seine Arme genommen und wieder in den Bergfried getragen, aber Kyla hielt ihn zurück. »Nein. Gewähre ihr Gelegenheit, sich dieser Angst zu stellen. Was auch immer es ist, sie muss herausfinden, was sie auslöst.«

Maeve ließ ihren Blick erneut über die Umgebung schweifen, doch ihr Gesicht zeigte, wie niedergeschlagen sie sich fühlte.

Kyla drängte sie noch ein wenig mehr. »Bist du sicher, dass du nichts von ihnen sehen konntest, Maeve? Es muss doch einen Anhaltspunkt für dich geben. Die Farbe eines Plaids, die Anzahl der Pferde, irgendetwas, das dir sagt, von welchem Clan sie waren. Oder waren es Engländer?«

Maeve stieß einen tiefen Seufzer der Frustration

aus. »Ich habe nur fünf Reiter gesehen. Ich weiß, dass es Männer waren, aber mehr nicht. Ich konnte sie nicht erkennen. Verzeih mir.«

»Kommt das häufig vor?« Noch nie hatte Maitland einen derart herzzerreißenden Laut gehört wie Maeves Schrei. Nestas Schreie waren irgendwie anders gewesen – Schreie des Widerstands und des Schmerzes. Maeves Schrei war purer Terror.

Aber Angst wovor? Warum?

»Nein. So etwas habe ich noch nie erlebt – Visionen von nicht vorhandenen Dingen –, während ich wach war.«

Jamie und zwei Wachen kamen auf sie zugerannt. »Was ist passiert? Braucht ihr Hilfe?«

Kyla winkte ab und schüttelte hinter Maeves Rücken den Kopf, was Maitland dazu veranlasste, sich zu fragen, was genau passiert war. War sie ehrlich darüber, dass dies zum ersten Mal passierte?

Auch Maeve winkte Jamie abweisend mit der Hand zu. »Ich weiß nicht, was passiert ist, aber mir geht es gut. Es gibt keinen Grund, sich Sorgen zu machen, Jamie. Wir gehen jetzt wieder Äpfel pflücken.«

»Schön, das zu hören«, meinte Jamie. »Da ich schon mal hier bin, Kyla, werde ich weitergeben, dass Chrissa nach dir sucht.«

»Ich werde nachsehen, was sie wünscht. Maeve, bleibst du bei Maitland?«

Sie blickte zu ihm auf und sagte: »Wenn Maitland nichts dagegen hat, würde ich lieber bleiben. Ich sehe fast ein ganzes Fass voller Äpfel, die wir pflücken könnten. Es wird bald schneien und wir haben keine Zeit zu verlieren.«

»Ich habe neulich zwei Körbe hinter diese Bäume gestellt. Nimm sie.« Jamie zeigte auf eine Ecke des Obstgartens, die sie noch nicht erreicht hatten.

Maitland drückte Maeve die Hand, ehe er sich entfernte, um einen von Jamies Körben zu holen. Er freute sich über ihren Wunsch, bleiben zu wollen, und er war froh, dass sie ihm vertraute. Er wünschte sich, sie besser kennen zu lernen.

»Ich werde ihn halten, damit du ihn füllen kannst.«

»Perfekt«, rief sie mit einem breiten Lächeln im Gesicht.

Sie war schöner als jede andere Frau, die er je gesehen hatte, und wenn sie lächelte, leuchtete etwas in ihm auf. Ihr Haar war strohfarben und ihre Augen so blau wie die Blumen auf den Sommerfeldern. Die Kälte ließ ihre Wangen rosig werden, und er sehnte sich danach, ihr einen Kuss aufzudrücken. Würde sie das zulassen? Würde er es wagen?

Aye, das würde er. Es war etwas mit seinem Herzen geschehen - vielleicht war es seine Vision von Maeve als Engel. Vielleicht hielt er sie aber auch in seinen Armen und wünschte sich nichts sehnlicher, als ihr das Gefühl von Sicherheit und Geborgenheit zu bieten. Er würde Nesta immer lieben, doch tief in seinem Herzen wusste er, dass sie ihn nicht für immer um sie trauern sehen wollte. Ihr Glück war das Glück der Jugend gewesen. Inzwischen, da er so viel Lebenszeit hinter sich gebracht hatte, würden Maeve und er vielleicht ein besseres Verständnis für die Bedürfnisse des anderen aufbringen können.

Maeve war keine junge Frau mehr. Sie hatte ihre eigenen Sorgen, das stand außer Zweifel. Und sie hatte ihre eigenen Erfahrungen. Er musste nicht zaudern, um ihr zu zeigen, was er fühlte. Sie müsste darüber im Bilde sein, was sich zwischen Männern und Frauen abspielte. Wenn sie auch nicht verheiratet war, bedeutete das nicht, dass es nicht irgendwann einen Mann in ihrem Leben gegeben hatte.

Maeve schlenderte zum Rand des Obstgartens hinüber, wo noch eine große Anzahl von Äpfeln an den Bäumen zu hängen schien. »Hier, Maitland. Es gibt so viele schöne Äpfel hier.«

Er brachte den Korb herüber und streckte die Hand nach den reifen Früchten aus. Maeve erntete von den unteren Ästen, während er die Äpfel weit über ihrem Kopf pflückte. »Sie werden verschwendet, wenn wir sie jetzt nicht pflücken. Die Zeit für den Schnee ist beinahe schon gekommen.«

»Und die grünen Äpfel auch. Sie ergeben einen wunderbaren Obstkuchen machen.« Maeve blickte zu dem Mann hinüber, der sie während ihrer schlimmsten Angstattacke festgehalten hatte. »Wirst du zum Weihnachtsfest nach Hause zurückkehren?«, fragte sie.

»Wahrscheinlich. Ich hoffe, dass wir in den kältesten Monaten des Winters nicht viel patrouillieren müssen. Und ich freue mich darauf, meine Brüder und meine Eltern wiederzusehen.

Bald wird Tads Frau ihr drittes Kind zur Welt bringen, und ich würde den Kleinen gerne kennenlernen.«

»Ich wette, du kannst gut mit Kindern umgehen, Maitland.«

»Aye«, antwortete er und versuchte, nicht prahlerisch zu klingen. Aber er war tatsächlich großartig im Umgang mit den Kindern. Tad nannte ihn einen großen Bären, an den die Jungen sich klammerten, und genauso war es auch. »Tad hat zwei Jungs, und die hängen gerne an mir, aber hauptsächlich, weil es mir Spaß macht, sie herumzuwirbeln und zu schaukeln.«

»Ich kann mir vorstellen, dass du genau das tust, was mein Vater immer getan hat. Er streckte seine Arme aus, wenn wir am See waren, und seine drei Enkel schwangen sich auf ihn, als würden sie auf einen Baum klettern.«

Dieses Bild brachte ihn zum Lachen. »Ich erinnere mich, dass Alex das getan hat. Alasdair, Els und Alick waren unerbittlich.« Er liebte Kinder – ob Jungen oder Mädchen. Einmal hatte er gedacht, er würde mindestens sechs oder sieben eigene Kinder haben. Aber es hatte nicht sein sollen.«

Er pflückte zwei weitere Äpfel mit seiner großen Hand, als etwas anderes aus dem Baum fiel. Eine Feder.

»Oh, ich will diese Feder. Sie ist eine Kostbarkeit. Die Kleinen werden sie lieben.« Maeve legte die Äpfel in den Korb und jagte der Feder nach, aber sie konnte sie nicht ganz erreichen. Jedes Mal, wenn sie sie verfehlte, brach sie in einen Kicheranfall aus, und der Luftzug ihres schwingenden Arms schickte sie über ihren Kopf zurück.

Maitland jagte der Feder ebenfalls hinterher und machte dabei die Figur eines Narren, aber das war ihm egal. Seine großen Sprünge und ihre kleinen Sprünge brachten sie beide zum Lachen, bis sie den Fehler machten, gleichzeitig zu springen. Mitten in der Luft stießen sie miteinander zusammen.

Dann landeten sie gemeinsam auf einem Laubhaufen, ein jeder flach auf dem Rücken. Er drehte sich zu ihr um und verlor sich augenblicklich in ihren blauen Augen. Als er sich abgerollt hatte, stützte er sich auf einem Ellbogen über sie, und nahm ihren süßen Duft und die Zartheit ihrer Haut in sich auf. Es war, als würde die Welt um sie herum stillstehen.

»Maeve, würde es dich stören, wenn ich dir einen Kuss gebe?«

Sie antwortete nicht, sondern schüttelte nur den Kopf, während sie den Blick auf ihn gerichtet hielt. Er küsste sie, zunächst sanft und schmeckte ihre Köstlichkeit, die Süße des Apfels, den sie gegessen hatte, war noch auf ihren Lippen. Er ließ seine Finger zu ihrer Wange wandern und strich mit dem Daumen über ihre weiche Haut. Sie teilte die Lippen, und er stöhnte, ehe er annahm, was sie ihm anbot, indem er den Mund schräg hielt, um tiefer einzutauchen. Dass sie so willig sein würde, hatte er nicht erwartet. Eher hatte er gedacht, sie wäre schüchterner.

Das war sie allerdings überhaupt nicht. Er liebkoste ihre Zunge mit seiner, und sie gab ein kleines Wimmern von sich, das einen direkten Weg zu seinem Glied fand. Sofort beendete er den Kuss, um nicht zu weit zu gehen, und dann kniete er vor sie hin und reichte ihr die Hände, um ihr aufzuhelfen. Hand in Hand kamen sie auf die Beine.

»Du gibst die süßesten Küsse, Maeve«, machte er ihr ein Kompliment und sehnte sich nach einem weiteren, doch er widerstand dem Drang. Er musste sie einfach fragen. »Warst du noch nie mit jemandem verlobt?«

»Nein«, antwortete sie, wobei sie auf ihrer Unterlippe, bevor sie herausplatzte: »Maitland, ich bin keine Jungfrau. Jemand hat mich vor langer Zeit meiner Jungfräulichkeit beraubt.«

Ihre Ehrlichkeit überraschte ihn – es schien ein merkwürdiger Zeitpunkt für solch ein Geständnis zu sein –, aber es zeigte ihm auch, wie nervös sie war. »Maeve, das macht mir nichts aus.«

»Und ich kann niemals heiraten, weil ich Grant Castle niemals verlassen werde.«

Er verengte seinen Blick und überlegte, wo er etwas Ähnliches gehört hatte. Ceit. Ceit hatte geschworen, das Gebiet der Ramsays nie zu verlassen, weil es der einzige Ort war, an dem sie eine Bogenschützin sein konnte, ohne dafür Spott zu ernten. Das war zumindest ihr Glauben gewesen. Sie hatte ihre Meinung geändert, als sie sich in Brin Cameron verliebt hatte. Aber er fragte sich, warum Maeve beschlossen hatte, Grant Castle nie zu verlassen. Obwohl die

Episode von vorhin mit ihren Phantomreitern ihm eine Vorstellung von dem Grund gab.

»Maeve, es war nur ein Kuss.« Er merkte, wie sie bei dieser Bemerkung zusammenzuckte, und besann sich sogleich darauf, wie unterschiedlich Männer und Frauen waren. Für ihn war es wichtig, wie sie sich in seinen Armen verhielt, aber für sie waren seine Worte wichtig. Das hatte Nesta ihn das gelehrt. Er beschloss, seine Bemerkung abzuschwächen. »Unser Kuss hat mir sehr gefallen, und ich hoffe, du gewährst mir einen weiteren, aber das war kein Heiratsantrag.«

»Oh!« Sie wurde rot.

Er grinste und zwinkerte ihr dann zu. »Ich würde dich gerne kennenlernen, Maeve.«

»Verzeih mir, dass ich so voreilig war.«

»Du bist nicht voreilig, aber sag mir, warum du so denkst. Ich kenne noch jemanden, dem es genauso ging.«

»Weil dies mein Zuhause ist. Ich habe nur hier gelebt. Und ...« Dann schüttelte sie den Kopf. »Unwichtig.«

Er fragte sich, was sie zurückhielt. Wenn sie füreinander bestimmt waren, würde sie sich ihm öffnen, sobald sie bereit war.

»Hoffentlich wirst du es mir eines Tages sagen können, aber jetzt brauchst du noch nichts sagen. Ein Kuss gibt mir nicht das Recht, alle deine Gedanken zu erfahren.« Er griff nach ihrer Hand und drückte sie.

Ihre Antwort hätte ihn nicht mehr überraschen können.

»Ich war seit meinem fünften Sommer nicht

mehr außerhalb des Grant Gebiets. Und ich kann mich an nichts davor erinnern. Ich fühle mich hier sicher.« Sie schlug den Blick nieder und er vermutete, dass sie sich schämte. Er kannte niemanden, der das Gebiet seines Clans aus irgendeinem Grund nicht ein einziges Mal verlassen hatte. »Dort draußen könnte alles Mögliche passieren. Es ist einfacher, hier zu bleiben.«

Maeve Grant hatte mehr zu bieten, als auf den ersten Blick ersichtlich war.

KAPITEL VIER

A M NÄCHSTEN MORGEN stand Maeve
vor zwei Grabsteinen, und die Tränen
vernebelten ihr die Sicht. Der Friedhof der
Grants lag nicht weit von den Toren entfernt,
sodass die Wachen den heiligen Bereich stets im
Auge behalten konnten, was bedeutete, dass sie
sich ohne übermäßige Angst dorthin begeben
konnte. Das große, aus starker Eiche geschnitzte
Kreuz, war größer als alle anderen.

*Laird Alexander Grant, begraben im Dezember
1314, Ehemann seiner geliebten Frau Madeline, Vater
der Zwillinge James (Jamie) und John (Jake), Kyla,
Connor, Elizabeth und Maeve.*

Es gefiel ihr, dass er darauf bestanden hatte,
sie nicht als Adoptivtochter auszuweisen. Ihre
Hand wanderte zu der Tasche in ihrem Rock, in
der sie jeden Tag das kleine Stück seines Plaids
trug. Sie hatte ein Stück des Lieblingsplaids ihres
Vaters genommen und es als Erinnerung an
ihn aufbewahrt. Es hatte nicht lange gedauert,
bis sie angefangen hatte, es überall mit sich
herumzutragen. In jeden ihrer Röcke hatte sie

Taschen genäht, damit sie das kleine Stückchen ihres Vaters immer bei sich hatte.

Häufig kreisten ihre Gedanken um ihre Eltern, Maddie und Alex Grant. Der Clan hatte ihre Mutter vor vielen Jahren verloren, aber es war noch kein Jahr vergangen, seit ihr Vater vergangene Weihnachten von ihnen gegangen war. Sie hatte seinen Tod noch nicht hingenommen. Den Verlust ihrer Mutter hatte sie kaum akzeptieren können, aber der Verlust ihres geliebten Vaters war zu viel für sie. Jeden Morgen wachte sie auf und erwartete noch immer, seine dröhnende Stimme von irgendwo in der Burg zu hören. Jeden Morgen traf der Kummer sie aufs Neue, wenn er nicht da war.

Die frische Luft wehte ihr vereinzelte Haare aus dem Gesicht, und sie beobachtete die Blätter, die zu ihren Füßen auf dem Boden wirbelten, wobei sie an die Liebe ihrer Mutter zu den Mustern dachte, die sie formten.

Die Erinnerungen an ihre Eltern füllten ihr Herz aus.

Ihre Mutter: *Maeve, schätze diese kleinen Momente im Wechsel der Jahreszeiten. Ein jeder davon hat seine eigenen besonderen Gaben. Im Herbst sind es die Farben, die in meinem Herzen tanzen und mich zum Lächeln bringen, wann immer ich aus den Burgmauern trete. Die Gelb- und Goldtöne, die tiefen Rot- und satten Grüntöne. Wie schön der Wald zu dieser Jahreszeit ist.*

Ihr Vater: *Maeve, ich weiß, du vermisst deine Mutter ebenso wie ich, aber du musst deinen Blick nach vorne richten. Ich wünschte, du würdest dir einen Ehemann suchen, bevor ich von dir gehe. Du brauchst jemanden, der sich um dich kümmert.*

Sie hatte ihm eine Frage gestellt, die sie beinahe bereut hätte. *Hast du dich neu orientiert, Papa?*

Ihr wisst, dass ich niemanden habe, aber bei dir ist das anders. Maddie ist mein Herz, meine Liebe für mein ganzes Leben. Wir sind deine Eltern. Es ist ein anderes Band. Finde den Hüter deines Herzens. Eines Tages wird dir das gelingen. Versprich mir, dass du ihn nicht abweisen wirst, wenn er kommt, um dich zu holen.

Sie warf einen Blick auf die Gruppe bei den Wachen hinter sich, die sich in der Nähe der Tore der Ringmauer unterhielten. Jamie, Connor, Loki, Kenzie, Finlay MacNichol und Maitland. Der einzige Menzie in der Gruppe, und er stach für sie aus den anderen heraus.

War Maitland der Hüter ihres Herzens? Er war es gewesen, der sie gerettet hatte, als sie im kalten Regen gestürzt war, und er hatte sie in den Bergfried getragen. Gestern hatte er ihr im Obstgarten geholfen. Aber jeder Grant würde ebenso viel für sie tun.

Und er hatte sie geküsst. Aye, er war der Einzige, der das tun würde.

Sie schlenderte ein paar Schritte zwischen den vielen Gräbern umher und ging auf den sprudelnden Bach zu, der nicht weit entfernt floss. Als sie sicher war, dass die Männer sie nicht hören würden, fing sie an, ihre Fragen zu stellen.

»Papa, kann ich ihm mein Geheimnis anvertrauen? Was wird passieren, wenn er von meinem Fehler erfährt?«

Als ob er ihr antwortete, durchströmte sie eine Wärme bei den Worten »Vertrau ihm.«

Wie gern hätte sie gewusst, dass diese Nachricht wirklich von ihrem Vater stammte. Dann würde sie Maitland vertrauen und ihn von ganzem Herzen lieben. Sie glaubte sogar, dass sie das bereits könnte. Gestern Abend war sie mit der Erinnerung daran eingeschlafen, wie wunderbar es sich angefühlt hatte, in seinen Armen zu liegen.

Aber wie würde Maitland reagieren, wenn er die Wahrheit erführe?

Schritte näherten sich ihr von hinten, und Kylas Stimme erreichte sie. »Du bist gequält, kleine Schwester.«

Maeve wandte sich ihr zu. Kyla trug die Schönheit ihres Vaters in ihren Zügen und die Schönheit ihrer Mutter in ihrem Herzen. »Das bin ich ein kleines bisschen.«

»Du kannst ihm vertrauen, Maeve. Es ist kein so schlimmes Geheimnis, wie du denkst.«

»Wird es nie verschwinden, Kyla? Die Dunkelheit. Die Albträume.« Ihre Tränen flossen ihr aus den Augen, als hätten sie sich jahrzehntelang dort aufgestaut.

»Vielleicht nicht, aber es könnte sein. Wenn ich bei Finlay schlafe, fühle ich mich sicherer. Du hast nie in Papas Kammer geschlafen, als du alt genug warst, um dir einen eigenen Jungen zu suchen. Wenn ihr heiratet, könnte dein Mann deine Ängste für immer vertreiben.»

Sie würde Kyla so gern glauben, und so gern würde sie glauben, dass es tatsächlich möglich war, dass jemand all ihre Probleme von ihr nehmen könnte, aber was, wenn dies nicht geschah? Was, wenn sie jemanden heiratete – vielleicht Maitland – und alles nur noch schlimmer würde?

Kyla nahm sie in die Arme und drückte sie fest an sich. »Ich kann keine Entscheidung für dich treffen, aber ich wünschte, du würdest Maitland vertrauen. Er ist ein guter Mann. Ich weiß, dass du Gefühle für ihn hast, Maeve, und Papa würde sich freuen, wenn du ihn heiraten würdest. Mama hat Maitland immer geliebt, also würde sie es auch gutheißen. Ich wünschte, sie wären für dich da, aber sie sind nicht hier, also musst du deinem Herzen vertrauen.«

Kyla sagte nichts als die Wahrheit. Kein einziges Wort davon konnte sie bestreiten. Sie seufzte. Vielleicht musste sie sich selbst ebenso vertrauen wie Maitland.

Kyla ließ sie los. »Ich muss zurück, aber bitte denk darüber nach, während du deinen täglichen Spaziergang unternimmst.«

»Das werde ich, liebe Schwester. Du bist ganz bestimmt klüger als ich. Danke.«

Kyla kehrte zur Burg zurück, und Maeve machte sich zu ihrem Lieblingsplatz auf, bei dem es sich um einem Felsbrocken in der Nähe des Baches handelte, um sich auszuruhen. Im Sommer würde sie ihre Strümpfe ausziehen und mit den Zehen im kühlen Wasser wackeln. Heute würde sie das allerdings nicht tun.

Sie setzte sich hin, zog die Knie an die Brust und stützte ihr Kinn darauf. Sie wünschte, sie wüsste, was mit ihr geschehen war, als sie ein kleines Kind gewesen war. Irgendetwas aus dieser Zeit musste die Ursache für all dieses Ungemach sein, und wenn sie es nur herausfinden könnte, würde sie eine Möglichkeit finden, dagegen anzugehen, und all ihre Albträume würden verschwinden.

Sie hatte aber hatte keine Erinnerung an die Zeit, als sie mit Hew, dem boshaften Mistkerl, zusammengelebt hatte. Ihre ersten Erinnerungen hatte sie an die Zeit, nachdem die liebe Aline sie gerettet hatte, indem sie sie zum Clan Grant gebracht hatte. Diejenigen, die dieses Ereignis damals miterlebt hatten, erzählten ihr, dass sie im Alter von drei Jahren auf Alex Grants Schoß geklettert war und ihn nie wieder verlassen hatte.

Ihre Erinnerungen an den Schoß ihres Vaters setzten wahrscheinlich erst im Alter von fünf oder sechs Jahren ein. Immer, wenn sie einen schwierigen Tag hatte, saß er in der Nähe und klopfte auf seinen Schoß, um ihr zu signalisieren, dass sie sich zu ihm setzen durfte.

Und das tat sie immer. Sie kletterte auf seinen Schoß und schmiegte sich an ihn, bis seine Wärme sie wie das dickste Plaid umhüllte. Oft hatte sie dabei den Daumen in ihren Mund genommen, so war ihr gesagt worden, doch daran erinnerte sie sich nicht.

Ihre Mutter erzählte, dass sie auch auf dem Schoß ihres Vater gesessen hatte, nachdem sie eingeschlafen war und er seine Besprechungen mit seinen Wachen abhielt, ohne dass sie auch das Geringste davon mitbekam, was um sie herum geschah.

Von Alex Grants Schoß aus sah sie die Welt immer in einem besseren Licht, seine große Hand schützte sie vor allen Übeln der Welt, niemand wagte es, sich an ihr zu vergreifen.«

Kein Hew, keine anderen bösen Männer in der Welt. Keine Wächter mit bösem Grinsen.

Aber wenn sie sich auch nicht an die Männer erinnern konnte, die mit Hew zusammengelebt hatten, so waren sie doch Teil der Dunkelheit, die sie oft mitten in der Nacht heimsuchte. Dies musste die Ursache für ihre Albträume sein. Was sollte es sonst sein?

Als sie noch klein war, rannte sie schreiend und so schnell sie konnte zum Schlafzimmer ihrer Eltern und stand mit Tränen in den Augen am Bettrand, bis ein Paar großer Hände sie hochhob und zwischen Alex und Maddie setzte.

Das war der sicherste Ort in ganz Schottland gewesen.

Dieser Ort duftete nach Kiefern und Zimt und einer Süße, die sonst nirgendwo zu finden war.

Im Laufe der Jahre hatte das Rennen mitten in der Nacht aufgehört, aber nicht das Schreien.

Mit fast vier Jahrzehnten schrie Maeve immer noch mindestens einmal alle zwei Wochen. Sie schrie und kämpfte mit einem unsichtbaren Monster, und sie schwang ihre Fäuste, um ihren Peiniger abzuwehren.

Nun waren ihre Eltern aber nicht mehr da, um sie zu trösten. Jetzt war es Kyla, die kam, um sie aus ihrem Albtraum zu wecken.

Nie würde sie jemanden heiraten oder von Kyla wegziehen können.

Wenn niemand sie aufweckte, würde sie sicher vor Angst sterben.

Als sie Schritte durch das Laub hörte, warf sie einen Blick über ihre Schulter. Maitland kam auf sie zu, und sie musste sich eingestehen, dass ein süßes Kribbeln in ihrem Bauch aufkeimte. Er kam direkt auf sie zu – um sie zu finden! Zumindest hoffte sie das. Sie veränderte ihre Position, um Sorge dafür zu tragen, dass sie wie eine Dame saß, und sie winkte ihm zu, woraufhin er in ein breites Lächeln ausbrach und ihr Winken erwiderte. »Es ist ein schöner Tag, Mylady. Hast du Lust, mit mir spazieren zu gehen?«

Sie nickte und dann stand sie auf, sobald er in der Nähe war, strich die kleinen Falten in ihrem Rock glatt und wünschte, sie hätte besser darauf geachtet, ihn sauber und adrett zu halten, aber darüber konnte sie sich jetzt keine Gedanken machen.

Maitland, der Mann, der ihr Herz gestohlen hatte, stand vor ihr. »Ich habe Jamie gefragt, ob es ihm etwas ausmacht, wenn wir zusammenbleiben. Er hat mich tatsächlich in deine Richtung gedrängt.«

Sie kicherte daraufhin. »Ich bezweifle, dass er dich gedrängt hat, aber ich glaube, er wünscht sich, dass ich jemanden finde.« Sie errötete über die Andeutung ihrer Aussage. »Verzeih mir. Ich wollte nicht andeuten ...«

Er hielt eine Hand hoch. »Mach dir keine Sorgen. Ich ziehe keine Schlüsse aus deiner Aussage. Sag mir, welche Jahreszeit magst du am liebsten? Den Herbst?« Er nahm ihre Hand, und sie schritten den Weg entlang, der sie von der Ringmauer wegführte. Nicht weit entfernt waren ein paar berittene Wachen auf ihrer täglichen Patrouille unterwegs, um sicherzustellen, dass keine Räuber oder Plünderer ihr Unwesen auf dem Gebiet der Grants trieben.

Und dieser Tage kamen noch die Engländer hinzu.

»Ich liebe das Weihnachtsfest. Wir schmückten den Saal mit Grünzeug und sind von dem Festessen und den Geschenken begeistert. Jedes Jahr kommt Loki mit Paketen und Geschenken, über die sich die Kleinen freuen. Welche Jahreszeit ist dir am liebsten?«

»Der Frühling. Neue Anfänge. Frische Knospen an den Bäumen. Die Verheißung, dass es bald warm wird.« Er schaute sie an. »Du sahst auf dem Felsen recht nachdenklich aus. Willst du mir etwas mitteilen? Manchmal hilft es, über eine Sache zu reden, um aus der Dunkelheit herauszufinden.«

»Es ist ziemlich düster. Ich kann mich an meinen frühesten Lebensabschnitt nicht erinnern, und ich wünschte, ich wüsste darüber Bescheid. Fortwährend bin ich auf der Suche nach der Ursache meiner Albträume, aber ich habe nie auch nur den kleinsten Hinweis finden können. Jetzt habe ich etwas Ähnliches mitten am Tag erlebt, und das erfüllt mich mit Angst. Wenn ich mich an das Geschehene erinnern könnte, würde es mir dann schlechter oder besser gehen? Würden sich die Albträume verschlimmern oder wegbleiben?«

Sie hörten das Geräusch von sich nähernden Pferdehufen und schauten beide neugierig, wer sich der Burg näherte. Maitland trat näher an Maeve heran und ließ ihre Hand los, damit er seine eigene auf ihren Rücken legen konnte. Das war eine kleine Geste der Vertrautheit, die ihr sehr gefiel. Sie fühlte sich in der Tat sicherer, als sich ein unbekannter Reiter näherte.

»Henry, was ist los?«, rief Maitland, als sich der Reiter näherte und ein weiterer Krieger hinter ihm auftauchte.

Maeve hielt es für ein gutes Zeichen, dass er den anderen Mann kannte. Oder war es das wirklich?

»Mylord, Eure Mutter ist erkrankt. Euer Vater bittet um Eure Rückkehr.«

»Sie lebt doch? Wurde sie verletzt oder ist es das Fieber?«

»Sie lebt und wurde zu Bett gebracht. Ein Fieber unbekannter Herkunft. Euer Vater bittet um Eure sofortige Rückkehr. Wir sollen Euch nach Hause begleiten.«

»Ich werde in Kürze fertig sein. Ihr könnt für eine schnelle Mahlzeit nach drinnen gehen, während ich meine Sachen zusammenpacke.«

Maitland wandte sich ihr zu, und sie die Sorge in seinem Blick erkennen. Der Mann hatte seine Frau verloren, er kannte die Trauer also gut.

Sie reichte ihm die Hand und tätschelte seinen Arm. »Es tut mir so leid, Maitland. Ich bete, dass du sie heilen kannst.«

»Ich entschuldige mich, dass ich mich kurz fasse, aber ich muss aufbrechen, und zwar schnell. Wenn du willst, kannst du gerne mit mir reiten.«

Maeve erschrak bei dem Gedanken, ihn auf seiner Reise zu begleiten, und ihre Instinkte übernahmen die Kontrolle. »Oh, nein. Bitte sei nicht beleidigt, aber nein.«

Er runzelte die Stirn, und fast hätte sie eingelenkt, weil sie wusste, dass sie diesen Ausdruck verursacht hatte. Sie musste ihm ihre Haltung begreiflich machen. »Maitland, ich habe das Gebiet der Grants noch nie verlassen.«

Die Verwirrung in seinem Blick war deutlich zu sehen. »Das hast du schon einmal erwähnt, aber ich dachte, du meintest damit, dass du noch nie außerhalb des Grant Gebiets gelebt hast.

Sie schüttelte den Kopf, um ihre Verlegenheit zu kaschieren. »Nein. Ich bin nie von hier fortgegangen. Als ich hierher gebracht wurde, gefiel es mir so gut, dass ich schwor, nie wieder fortzugehen. Ich glaube, ich habe die Ramsays besucht, als ich noch sehr jung gewesen war, aber ich kann mich nicht daran erinnern. Nachdem ich sechs Sommer alt geworden war, weigerte ich mich standhaft, von hier fortzugehen.«

Damit war ihre Chance vertan, mit Maitland eine Familie zu gründen. Das konnte sie in seinen Augen sehen, doch er gewann seine Fassung schnell wieder.

»Nun, ich freue mich auf unser nächstes Treffen.« Er küsste sie auf die Wange und geleitete sie zurück zum Fallgitter. Ihr Gespräch war beendet.

Sie verstand. Was sagt man auch zu einem Einsiedler?

KAPITEL FÜNF

TIEF IN SEINEM Bauch hatte Maitland ein ungutes Gefühl, das er nicht wahrhaben wollte. Auf dem ganzen Rückweg zu den Menzies sagte er im Stillen Gebete auf. Anstatt sich um seine Mutter zu sorgen, konzentrierte er seine Gedanken auf den Rest seiner Familie. Er ignorierte Henry und den anderen Wächter, der mit ihnen ritt, weil er sich so sehr um seine geliebte Mutter sorgte, dass er sich auf nichts anderes konzentrieren konnte als auf seine Lieben.

Tad hatte das Amt des Lairds von ihrem Vater Drew erhalten, der sich wegen einer geschädigten Hüfte immer schlechter bewegen konnte. Ihr Vater hatte beschlossen, dass es besser wäre, wenn Tad der aktive Laird wäre, und dass er ihm dabei helfen könnte, seine Pflichten zu erlernen und sich um den Clan zu kümmern. Tad hatte Ada geheiratet, die ebenfalls zum Menzie-Clan gehörte, und sie hatten zwei Jungen, Wiley, fünf Winter alt, und Quillan, liebevoll nur Q genannt, der drei Winter alt war.

Die Jungen waren so wild, wie man es nur sein konnte, und Maitland ging oft mit ihnen in den Wald, damit sie ihr Bedürfnis, zu rennen und sich wie wilde Tiere zu verhalten, ausleben konnten. Er liebte die Jungen und genoss die Zeit mit ihnen mehr, als er je gedacht hatte.

Deshalb schmerzte es ihn auch noch mehr, Nesta verloren zu haben, als sie mit seinem Kind schwanger war, als er es für möglich gehalten hatte.

Tomag, der zwei Jahre jünger als Tad war, fungierte als sein Stellvertreter. In dieser Funktion war er für die Ausbildung ihrer Männer zu hervorragenden Schwertkämpfern, Jägern und Wächtern verantwortlich. Ihre Bogenschützen waren von Onkel Logan, dem Bruder seiner Mutter, ausgebildet worden.

Elyse, seine einzige Schwester, war die Älteste, aber sie hatte einen guten Mann aus dem Drummond Clan geheiratet und daher verbrachte sie die meiste Zeit dort.

Maitland war fünf Jahre nach Tomag zur Welt gekommen. Da er keinen offiziellen Titel besaß, hatte er beschlossen, sich den Patrouillen anzuschließen, die dazu beitrugen, die schottischen Gebiete gegen die Engländer zu verteidigen.

Das half ihm auch mit seinem Schmerz fertigzuwerden.

Er hatte Nesta kennengelernt, als er zu seinen Cousinen gereist war. Sie hatte dem Drummond-Clan angehört. Er mochte ihr Temperament und ihren Sinn für Humor. Ein Jahr nach ihrem

Kennenlernen hatten sie geheiratet, und sie war mit Maitland zum Menzie Clan gezogen.

Es war auf einer Reise zu den Drummonds gewesen, als sie entführt und in einen Kerker geworfen worden waren. Nie hatte er in Erfahrung bringen können, wer ihre Entführer gewesen waren. Sie hatten weder die Plaids der Schotten getragen noch die Farben ihres Clans, was sicherlich mit voller Absicht geschehen war. Einer von ihnen hatte Maitland einen Sack über den Kopf gestülpt, und dann hatten sie ihn betäubt, sodass er nicht wusste, wohin sie gebracht wurden und wie weit sie gekommen waren. Er war allein in einer Zelle aufgewacht.

Seine Entführer hatten wie Engländer gesprochen und waren auf der Suche nach Neuigkeiten über die Ramsay Frauen gewesen, obwohl er den Grund für die ständigen Fragen nie verstanden hatte. Jedenfalls hatten sie weder von ihm noch von Nesta irgendetwas erfahren. Der Menzie Clan hatte nichts zu verbergen, außer der strategischen Arbeit, die sie mit ihren Wächtern und Kriegern leisteten, und danach hatte niemand gefragt. Alle Fragen drehten sich um die Anzahl der Frauen auf dem Gebiet der Ramsays gedreht und ob sie verheiratet waren oder nicht.

Es war sehr merkwürdig, aber er verriet ihnen nichts.

Doch dann hatten sie seine schwangere Frau umgebracht. Das hatte bei ihm ein unerfülltes Bedürfnis nach Rache hinterlassen. Dieses Bedürfnis und sein Drang, andere Frauen in

Gefahr zu beschützen, waren Antrieb für sein jetziges Tun. Er schwor, alle Frauen seines Clans und ihrer Verbündeten – den Drummonds, den Ramsays, den Grants, den Camerons und den Mathesons – zu schützen. Und er schwor sich, dass er, sollte er jemals der Identität seiner Entführer auf die Spur kommen, dafür sorgen würde, dass sie das gesamte Ausmaß seines eigenen Schmerzes zu spüren bekamen.

Die Teilnahme an der Patrouille war eine strategische Entscheidung gewesen, die von seinem Bedürfnis nach Rache angetrieben wurde. Je mehr er unterwegs war, desto größer war die Chance, die Schurken ausfindig zu machen.

Fünf Jahre waren vergangen, und er hatte sie nicht gefunden. Würde er sie jemals finden?

Das Trio näherte sich dem Gebiet der Menzies, und Maitland freute sich, eine Gruppe von Menzie Plaids zu sehen, die sich ihnen zu Pferd näherte, allen voran sein ältester Bruder. Tomag ritt mit ihm, und die beiden Brüder hatten ernste Mienen aufgesetzt. Das gefiel ihm nicht. Tomag war im Grunde seines Herzens ein Spaßmacher und hatte fast immer ein Lächeln auf den Lippen. Aber wenn ihre Mutter schwer krank wäre, würden die Brüder sicher an ihrem Bett sein.

»Tad, wie geht es Mama?«

»Mama wird wieder gesund, glaube ich. Tante Brenna ist gestern Abend mit Onkel Logan angekommen, und Onkel Micheil ist heute eingetroffen. Die Anwesenheit ihrer Brüder hat Mama aufgemuntert«, meinte Tomag.

»Und dass Tante Brenna hier ist, hat mich

aufgeheitert«, fügte Tad hinzu. »Mama geht es schon besser. Sie hatte Fieber, das nicht sinken wollte. Tante Brenna mischt Tränke und passt gut auf sie auf.«

»Ich bin froh, das zu hören. Ich kann es kaum erwarten, sie zu sehen.« Er war wegen seiner Verpflichtungen bezüglich der Patrouillen schon eine Weile nicht mehr zu Hause gewesen, also war er fällig. Sein Plan war gewesen, zu den Grants zu reiten, ein paar Tage dort zu verbringen und dann zum Weihnachtsfest nach Hause zurückzukehren. Die Nachricht über seine Mutter hatte ihn einfach ein oder zwei Tage früher nach Hause gebracht.

Sie schlugen den Weg zu den Stallungen ein, und die Stallburschen kamen heraus, um sich um die Pferde zu kümmern. Maitland saß ab und fand sich in einer bärenhaften Umarmung wieder, aus der er sich nicht befreien konnte, selbst wenn er gewollt hätte.

»Onkel Micheil, wie geht es dir?«

»Natürlich geht es mir gut.«

»Und Tante Diana?«

»Sie ist so schön wie immer. So wie alle unsere Kinder und Enkelkinder.» Onkel Micheil trat zurück und klopfte ihm auf die Schultern. »Wie ich höre, leistest du gute Arbeit für König Robert, indem ihr die englischen Bastarde dorthin zurückschickt, wo sie hingehören. Macht weiter so, ja? Die Tatsache, dass sie es gewagt haben, sich Cameron Castle zu nähern, schockiert mich. Sie müssen im Grenzland bleiben.«

»Ich tue mein Bestes. Wir haben ein paar

Gruppen mit eingezogenem Schwanz nach Süden geschickt.« Onkel Micheil war der größte der drei Brüder und auch der breitschultrigste. Quade war fast so groß wie Micheil, und beide überragten Logan, dessen Kraft in seinen Schultern und seinem Schwert lag. Er war zwar kleiner als seine Brüder, aber er wirkte durch die Muskeln und die Haltung eines Schwertkämpfers viel kräftiger.

Und sein Intellekt. Onkel Logan hatte immer wieder bewiesen, dass er ein gerissener alter Schotte war. Nur wenige wagten es, sich mit ihm anzulegen. Er gesellte sich jetzt zu der Gruppe vor dem Stall.

»Onkel Logan, immer wieder ein Vergnügen. Ich bin sicher, Mama freut sich, euch beide zusammen zu sehen.»

»Es geht ihr besser, und ich bin sicher, dass mein Hiersein sie freudig stimmt. Sein selbstgefälliger Blick verriet Maitland genau, worum es seinem Onkel ging. Die beiden Brüder waren Konkurrenten, selbst wenn es sich dabei um die Zuneigung ihrer einzigen Schwester handelte. »Du weißt, dass Lina mich immer am meisten geliebt hat.«

Onkel Micheil versetzte seinem Bruder einen Schubs. »Vergiss es, alter Mann. Ich werde nicht auf den Köder anbeißen, den du mir hinwirfst. Du bist zu alt, um dich mit mir zu streiten.« Onkel Logan schnaubte daraufhin.

Die Gruppe setzte sich in Richtung der großen Halle in Bewegung, und sobald sich die Türen öffneten, wurden sie von zwei Jungen bestürmt.

»Onkel Maitland, du bist zu Hause«, rief Wiley und warf sich auf Maitland.

Q sagte: »Dist du gerade beim Spechen?« Im zarten Alter von drei Jahren übte Q immer noch seine Aussprache. Manchmal hatte Maitland Schwierigkeiten, ihn richtig zu verstehen, aber als er merkte, dass viele seiner Wörter mit »d« oder »t« anfingen, wurde es einfacher. Und wenn Maitland es gar nicht verstand, begriff Wiley, was sein Bruder sagen wollte. Die beiden fingen an, an ihm zu zerren und zu zerren, also nahm er die beiden einen nach dem anderen einzeln auf den Arm, schlang einen Arm um die Taille jedes Jungen und drehte sie auf die Seite, so dass er einen auf jeder Seite hielt und ihre Beine frei strampelten. Dann hüpfte er, während er ging, und beide Jungs quiekten und schrien und versuchten, sich aus seinem Griff zu befreien, aber er ließ nicht locker, bis er einen weichen Kissenhaufen in der Nähe des Kamins fand. Mit einem Knurren warf er die beiden auf den Haufen, und die Jungen lachten unaufhörlich, während sie sich abmühten, wieder auf die Beine zu kommen und zu ihrem Onkel zu gelangen.

Er vernahm eine Stimme von oben. »Das muss mein jüngster Sohn sein, der endlich angekommen ist. Niemand sonst schafft es, die Jungen so zum Kichern zu bringen. Komm hinauf und besuche mich, Maitland!« Die Stimme seiner Mutter drang über den Balkon aus dem Schlafgemach, das sie mit seinem Vater teilte. »Dein Geknurre würde ich überall erkennen.«

»Ich komme, Mama. Sobald diese beiden wilden

Tiere aufhören, mich zu bestürmen.« Wiley stürzte sich wieder auf ihn, also kippte er ihn auf den Kopf, während der Junge schrie, und drehte ihn dann um, bevor er ihn zurück auf die Kissen warf. Q tat dasselbe und ahmte genau nach, was sein Bruder getan hatte, also behandelte er ihn auch so, wenn auch ein bisschen sanfter.

»Jungs«, mischte Tad sich ein. »Lasst Onkel Maitland erst einmal in Ruhe. Er möchte Großmama sehen. Geht und helft der Köchin, ein paar Äpfel aus dem Obstgarten hinter dem Haus zu pflücken. Vielleicht macht sie euch ein paar Obstkuchen, wenn ihr welche findet.«

»Ich behe«, meldete sich Q und meinte damit das *Gehen*. Sein Bruder war bereits auf halbem Weg zur Tür. Die beiden verschwanden, und ihr Lachen hallte hinter ihnen her.

Maitland nahm sich ein Ale, trank es schnell aus und ging dann die Treppe hinauf, denn ein Teil von ihm fürchtete sich davor, was er im Schlafgemach seiner Mutter vorfinden würde.

Er konnte seine Mutter jetzt nicht verlieren. Dazu war er nicht bereit. Ganz langsam stieg er die Treppe hinauf und überlegte, was er ihr sagen könnte, um sie aufzumuntern. Seine Gedanken wanderten zu Maeve, und zu der Tatsache, dass er tatsächlich wieder Gefühle für eine Frau entwickelte. Und er dachte an den Heiligenschein, den er um ihren Kopf gesehen hatte.

Hatte er sich das nur eingebildet?

Als er sich der Zimmertür näherte, war er fest entschlossen, jeden Ausdruck von Überraschung oder Verzweiflung zu unterdrücken, den ihre

Erscheinung hervorrufen könnte. Seine Mutter war eine der schönsten Frauen, die er kannte. Das war sie immer noch, wenn ihr Haar auch so weiß geworden war wie frischer Schnee am Hang eines Hügels, der in der Sonne glitzerte. Er hätte schwören können, dass sie Glitzer im Haar hatte, aber er hatte genau hingesehen und nie welche gefunden.

Tante Brenna trat heraus und umarmte ihn kurz, als er sich der Tür näherte, dann strich sie ihm über die Wange. »Deine Mutter hat gewartet, dass du kommst. Mach dir keine Sorgen, sie ist noch nicht bereit, diese Welt zu verlassen. Sie erholt sich gut von einem Fieber, das sie in die Schranken gezwungen hat.« Im Flüsterton fügte sie hinzu: »Vielleicht muss sie noch ein bisschen langsamer werden. Überlasst die Jungen den Männern, wenn sie wild sein wollen.«

»Das habe ich gehört, Brenna. Mit meinen Enkeln werde ich noch fertig. Ich brauche mehr von ihnen.«

Maitland lachte und sagte: »Vielen Dank, Tante Brenna, für alles, was du getan hast. Wir alle wissen, dass du die Beste bist.«

»Sei still, Maitland. Meine Schwester Jennie ist genauso talentiert. Ich lasse dich und deine Mutter allein, damit ihr reden könnt. Avelina braucht mehr Brühe. Ich werde ihr welche besorgen.« Sie ging die Treppe hinunter und in Richtung Küche.

Maitland betrat die Kammer und war nicht überrascht, die verschiedenen Düfte der vielen Tränke und Salben zu riechen, die seine Tante mitgebracht hatte. Seine Mutter überraschte ihn mehr. Sie sah strahlend aus.

»Mama, du siehst so schön aus wie immer.« Er beugte sich hinunter, um ihr einen Kuss auf die Wange zu geben, und sie klopfte auf eine Stelle auf dem Bett neben ihr. Sie war auf viele Kissen gestützt, und obwohl sie wunderschön aussah, erkannte er aus der Nähe die Blässe ihrer Haut und die Schatten unter ihren Augen. Es waren Zeichen dafür, wie krank sie gewesen war.

»Vielen Dank, Maitland. Ich hatte gehofft, du würdest nach Hause kommen.« Sie drückte ihm die Hand. »Ich kann es nicht erklären, aber aus irgendeinem Grund hatte ich das Gefühl, dass wir dich brauchen.«

»Ich bin froh, dass du nach mir geschickt hast. Ich war ohnehin auf dem Heimweg, hatte aber einen Zwischenstopp beim Grant Clan eingelegt, also war ich nicht auf Patrouille. Wir sind bis nach den Weihnachtstagen fertig.«

»Und wie geht es mit den Liebschaften? Erzähle mir alles über sie.« Sie schaute ihn wissend an. »Ich glaube, du hast ein Auge auf jemanden geworfen.«

Er fragte nicht, woher sie es wusste, sondern überlegte stattdessen, wie viel er verraten sollte. Seine Mutter hatte den Ruf einer Seherin und war viele Jahre lang die Hüterin des Saphirschwerts gewesen. Sie hatte es an Alexander Grants Urenkel John Grant weitergegeben, der sich verpflichtet hatte, die wertvolle Waffe so zu hüten, wie sie es verdiente.

Maitland wusste, dass es keinen Sinn hatte, seine Gefühle vor seiner Mutter verbergen zu wollen. Sie würde sowieso die Wahrheit herausfinden.

»Ich habe die Zeit mit Connor und Jamie genossen und auch etwas Zeit mit Finlay verbracht, aber noch mehr Zeit habe ich mit Maeve verbracht.«

»Maeve? Das jüngste Mädchen von Alex und Maddie? Wunderbar!« Ihre Augen leuchteten auf und verrieten ihm, dass er die richtige Entscheidung getroffen hatte, alles zu erzählen. »Sie ist älter. Wahrscheinlich ungefähr so alt wie du.«

»Aye. Im Gegensatz zu mir war sie nicht verheiratet. Sie stürzte im Regen, und ich trug sie ins Haus. Während ich ihr half, passierte etwas Seltsames. Ich wollte dich danach fragen, wenn du versprichst, es niemandem zu erzählen.« Wenn einer seiner Brüder diese Worte hörte, würden sie ihn tagelang hänseln. Oder Jahre.

»Nur zu, Maitland. Du hast mein Wort.« Sie faltete die Hände in ihrem Schoß, und diese Geste sagte ihm immer, dass er ihre volle Aufmerksamkeit hatte.

»Ich trug sie in die Heilkammer, während Jamie Gracie holte. Dann passierte etwas Seltsames, und ich weiß nicht, was ich davon halten soll.« Er warf einen Blick über die Schulter, um sicherzugehen, dass niemand die Kammer betreten hatte. Es war niemand da, aber er hielt inne und schloss die Tür, um neugierige Ohren fernzuhalten. »Als ich sie auf die Pritsche legte, war ein goldener Schein um ihren Kopf zu sehen. Was hältst du davon, Mama?« Er setzte sich wieder auf das Bett und wartete die Antwort seiner Mutter ab.

»War sie bei Bewusstsein?«

»Nein. Sie hat sich bei dem Sturz eine böse Beule am Kopf geholt, die sie wohl umgehauen hat. Kurze Zeit später kam sie wieder zu sich, aber sie war noch nicht aufgewacht, als das Leuchten erschien.«

»Wie lange hat es gedauert? Hat es sonst noch jemand bemerkt, damals oder später?«

»Nein, als Gracie die Tür öffnete, verschwand es.«

»Wahrlich. Hmmm. Das ist ein Rätsel. Ich habe so etwas noch nie gesehen, zumindest nicht um den Kopf herum, aber ich habe an anderen Stellen ein seltsames Leuchten bemerkt.«

»Und?«

»Und für mich bedeutet es, dass der Himmel gekommen ist, um bei allem, was geschieht, zu helfen.«

»Mama, sie sah aus wie...« Er hielt inne und schaute noch einmal über seine Schulter, dann flüsterte er: »...ein Engel.«

Das Gesicht seiner Mutter erhellte sich. »Oh, Maitland. Endlich hast du sie gefunden.«

Er wölbte eine Braue. »Was meinst du?«

Sie griff nach seiner Hand und drückte sie. »Das sagt mir, dass sie deine Seelenverwandte ist. Bitte wende dich nicht von ihr ab. Verbringe zumindest mehr Zeit mit ihr. Folgt der Führung, die euch die Engel geschickt haben. Wenn du der

Einzige warst, der die goldene Aura gesehen hat, dann war sie nur für deine Augen bestimmt.«

»Die Engel haben mir Führung geschickt? Ich verstehe nicht.«

»Ich glaube, wir alle haben Engel, die uns führen. Sie tun ihr Bestes, um uns auf unserem Weg zu leiten, aber es ist an uns, auf sie zu hören und diesem Weg zu folgen. Manche Menschen brauchen mehr Anstöße als andere.«

»Und was bedeutet das für mich?«

»Es bedeutet, dass du angestupst wurdest. Du hast deinen leitenden Engel ignoriert, also gab er dir ein stärkeres Zeichen. Eines, das tu nicht ignorieren kannst. Maeve ist für dich zum Heiraten bestimmt. Ihr könntet ein Kind bekommen, das darauf wartet, geboren zu werden. Du musst auf die Botschaft hören, Maitland. Bitte.«

Die Tür öffnete sich und schlug mit einem Knall gegen die Wand. Seine Mutter rollte mit den Augen. »Logan, mach mit den Türen in deinem Haus, was du willst, aber bitte lass meine in Ruhe. In diesem Haus klopft man an, bevor man das Schlafgemach eines anderen betritt.«

Er schenkte seiner Schwester ein schiefes Grinsen und zuckte mit den Schultern. »Tut mir leid. Du siehst viel besser aus, Lina. Maitland hat dich geheilt, nicht wahr?«

Sie lächelte ihn an. »Aye, mein Jüngster ist hier. Alles ist in Ordnung mit der Welt.«

Ein ungutes Gefühl beschlich Maitland, etwas, das ihm überhaupt nicht gefiel.

Mit der Welt war etwas nicht in Ordnung, obwohl er nicht sagen konnte, was das sein könnte. Hatte es etwas mit Maeve zu tun? Würde er auf einen leitenden Engel hören müssen, um das herauszufinden?

Kapitel Sechs

MAEVE RICHTETE SICH ruckartig in ihrem Bett auf und schnappte nach Luft. Ein weiterer Albtraum, aber dieser hier war anders. Was war mit ihr passiert? Nach all den Jahren, in denen sie immer wieder denselben Albtraum hatte, war er urplötzlich verändert.

Sie hatte ein Gesicht gesehen.

Sie suchte nach Kyla, die immer an ihrem Bett war, wenn sie aufwachte. Ihre Schwester war nicht da.

Kyla war nicht gekommen.

Kyla kam immer, denn entweder wurde sie von Maeves Schreien hergeführt oder durch einen sechsten Sinn für Maeves Bedrängnis. Es war Kyla, die sie aufweckte. Dieses Mal war Maeve von selbst aufgewacht.

Wo war ihre Schwester? Sie beschloss, nicht zu warten, und stieg aus dem Bett und suchte ihr Plaid, das sie sich über die Schultern wickelte und um ihre Mitte schlang. Auf Zehenspitzen schlich sie aus ihrem Schlafgemach und die Treppe hinunter.

Es war niemand da, aber sie musste nachdenken.

Das war nicht ihr normaler Traum gewesen. Diesmal hatte sie jemanden gesehen, wenn sie ihn auch nicht erkannte. Er sah böse aus, mit einem spöttischen Gesicht und Hass im Blick.

Da sie fröstelte, griff sie nach einer Wolldecke, die sie über ihren Schoß breitete, und setzte sich auf einen Stuhl vor dem Kamin, um sich zu beruhigen.

Das Geräusch von Füßen, die einen Gang von einem der Türme entlangkamen, erregte ihre Aufmerksamkeit. Maisie eilte über die kalte Steinfläche und ließ sich mit einem Plumps in einen Stuhl neben Maeve fallen.

»Hattest du wieder diesen Albtraum?«, fragte die andere Frau.

»Ja. Diesmal habe ich ein Gesicht gesehen.« Maisie und Morna, Alines Schwestern, waren in derselben Burg gefangen gehalten worden, in der auch Maeve gefunden worden war. Sie waren alle zusammen gerettet worden, so die Geschichte. Hew, der Mann, der sie aus ihren Häusern gestohlen hatte, war tot und würde sie nie wieder bedrängen, doch in der Burg hatten seither andere Menschen gelebt.

Nach der Geschichte, die Maeve gehört hatte, waren Morna und sie, die fast gleich alt waren, von einer Frau, die selbst ein Kind bekommen hatte, in der Burg bewacht worden. Morna sagte, sie habe keine Albträume und könne sich, wie Maeve, nicht an die Zeit dort erinnern.

Maisie, die drei Jahre älter war als Maeve, wurde im Laufe der Jahre von den gleichen Albträumen geplagt wie Maeve. Sie sagte, die Träume hätten seit ihrer Heirat nachgelassen, obwohl sie immer noch kamen. Immer, wenn sie aus einem Albtraum erwachte, rollte sie sich in seine warme Umarmung und alles war verschwunden.

Maisies Stimme kam jetzt in einem leisen Flüsterton heraus. »Das war anders.«

Hatten sie denselben Traum gehabt? Maeve musste es wissen. »War es ein Gesicht?«

Maisie nickte und wurde so blass, dass Maeve es selbst in der Dunkelheit der Nacht bemerkte. »Es war Hew.« Maisie sprang von ihrem Stuhl auf und warf etwas Holz in die Feuerstelle, wobei das Knistern des frischen Holzes Maeves Wangen wärmte.

»War er das? Bist du sicher?«

Maisie seufzte. »Es war Hew, aber es war nicht Hew. Er sah genauso aus, aber anders. Ich verstehe das nicht.«

»Ich wünschte, ich hätte ein paar Erinnerungen an ihn«, meinte Maeve.

»Nein, das tust du nicht. Keine davon ist angenehm. Er war ein grausamer Mann, und die Männer bei ihm, waren es auch.«

»Aber sind sie nicht gestorben? Hat Jake Hew nicht umgebracht?«

»Aye. Die meisten von ihnen sind tot oder geflohen, als die Grants kamen. Maeve, warum haben wir beide den gleichen Traum? Erinnerst du dich an etwas anderes in deinem Traum?«

»Nein. Nur ...« Maeve wusste nicht genau, wie sie ihre Gefühle in Worte fassen sollte.

»Was? Bitte sag mir, was du denkst. Wir stecken beide da drin, Maeve.«

Maisie hatte recht, und Maeve gab sich alle Mühe, um die richtigen Worte zu finden.

»Drohendes Unheil. Es ist, als würde etwas passieren, und es wird schlimm werden.«

Richtig schlimm. Schlimmer als sie zugeben wollte. Aber was bedeutete das?

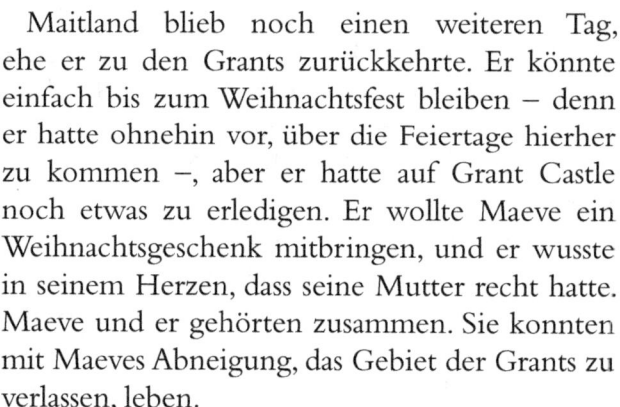

Maitland blieb noch einen weiteren Tag, ehe er zu den Grants zurückkehrte. Er könnte einfach bis zum Weihnachtsfest bleiben – denn er hatte ohnehin vor, über die Feiertage hierher zu kommen –, aber er hatte auf Grant Castle noch etwas zu erledigen. Er wollte Maeve ein Weihnachtsgeschenk mitbringen, und er wusste in seinem Herzen, dass seine Mutter recht hatte. Maeve und er gehörten zusammen. Sie konnten mit Maeves Abneigung, das Gebiet der Grants zu verlassen, leben.

Und jetzt, wo er sich seine Gefühle für sie eingestanden hatte, wollte er nicht mehr warten. Sie waren beide nicht mehr jung. Das bedeutete, dass sie nicht viel Zeit hatten, um Zweifel zu hegen oder sich zu zieren. Und sie wussten, was sie vom Leben erwarten konnten.

Nicht viel.

Maitland saß auf einem großen Felsbrocken auf dem Bogenschießplatz der Menzies, und ein altes Schild diente als Zielscheibe, das an einem Pfosten in einiger Entfernung angebracht war. Er hatte mit den Jungen den Umgang mit ihren Schleudern geübt. Q war vielleicht noch ein bisschen zu jung – er hatte es fertiggebracht, sich selbst mit seinen Steinen genauso oft zu treffen wie die Zielscheibe. Aber sie alle kannten die Geschichte von Loki und wussten, dass er von Brodie Grant adoptiert worden war, nachdem sie ihn gefunden hatten, und dass er in der Schlacht von Largs mit seiner Schleuder gekämpft und ein paar Norweger zu Fall gebracht hatte.

Wiley ließ einen Stein dreimal fliegen und traf einmal das Ziel. »Warum treffe ich nicht?«

Q sagte: »Seh', Wi.« Er hatte den Namen seines Bruders abgekürzt, so wie Wiley seinen abgekürzt hatte, als er nicht in der Lage gewesen war, *Quillan* zu sagen.

»Was sehen?«, fragte Maitland Q.

Wiley schüttelte den Kopf. »Nicht *sehen*. Er sagte: ›Geh‹. ›Geh da lang‹. Er will, dass ich es von dieser Seite versuche.«

Maitland blickte zu Q hinüber, der grinste und nickte. Die beiden hatten das gleiche blonde Haar, das sich ein wenig wellte, wenn der Wind es durcheinanderbrachte. Und sie verstanden sich besser als jeder andere. Wie die meisten Brüder, schätzte Maitland.

»Ich werde es versuchen, Q«, sagte Wiley.

Und tatsächlich, Wiley traf zwei von drei Punkten, und Q quiekte vor Freude. »Er hat es geschafft!«

»Jetzt versuchst du es, Q.«

Q gab sein Bestes, aber sein Gesicht verzog sich, als er das Ziel mit allen drei Steinen völlig verfehlte.

Hufschläge erregten Maitlands Aufmerksamkeit, und er war überrascht, ein unerwartetes Trio

herankommen zu sehen. Loki Grant band sein
Pferd an einem nahen Baum fest und stieg ab,
sein Sohn Lucas und sein Adoptivsohn Kenzie
folgten ihm.

Loki hob eine Hand zum Gruß an Maitland
und rief dann den Jungen zu. »Lasst mich mal
die Waffen sehen, die ihr benutzt, Jungs. Vielleicht
habe ich ja noch bessere für euch.«

Maitland erhob sich, um seinen Freund zu
begrüßen. Obwohl er nicht vom selben Blut war,
fühlte sich jeder von den Grants für ihn wie eine
Familie an. »Loki, wie schön, dich zu sehen, aber
was führt dich hierher?«

»Wir sind nur auf der Durchreise. Die Jungs
und ich machen uns immer kurz vor dem
Weihnachtsfest auf den Weg nach Ayr und
Edinburgh, um nach weiteren Burschen zu
suchen, die wie ich in Verschlägen leben. Wir
hoffen, dass ihr uns mit warmen Betten und
gutem Essen für die Nacht aushelfen könnt. Wir
werden morgen früh weiterziehen.«

Tad kam hinter den dreien her. »Die anderen,
die mit euch gekommen sind, werden bereits
versorgt. Ihr seid hier immer willkommen, Loki.
Das sind meine Jungen, Wiley und Quillan,
obwohl wir ihn Q nennen. Sie haben ihr Bestes
getan, um ihre Fähigkeiten mit den Schleudern
zu verbessern.«

»Vielen Dank, Tad.« Loki wandte sich an die
Jungen und sagte: »Hier, Jungs. Erlaubt mir, eure
Schlingen zu inspizieren. Vielleicht hat Lucas
auch ein paar Ersatzschlingen für euch. Ich will

nicht sagen, dass eure nicht gut sind, aber wir sind bekannt dafür, die besten im Land herzustellen.«

Wiley brachte seinen herüber und sagte: »Seid gegrüßt, Mylord.«

Loki lächelte. »Nein, kein Lord hier. Nenn mich einfach Loki. Und das sind Lucas und Kenzie. Wir benutzen alle Schleudern.«

Q sah zu Loki auf und fragte: »Kannst du uns helfen, pitte?«

Loki zerzauste Qs Haar und sagte: »Das würde ich gerne. Versprichst du mir dafür einen Apfel von deinem Obstgarten?«

»Wir haben schon welche gepflückt«, antwortete Wiley. »Die Köchin macht Apfelkuchen zum Abendbrot. Ihr könnt zwei haben.«

»Vielen Dank an euch. Maitland hat euch eine schöne Schleuder gemacht, aber probiert mal die beiden, die Lucas dabei hat. Er und Kenzie werden euch zeigen, wie man damit schießt.«

Maitland, Loki und Tad sahen zu, wie die Jungen mit ihren neuen Schleudern übten und jubelten, wenn sie das Ziel trafen.

»Maitland, du warst auf Patrouille, wie ich höre. Willst du mir etwas über deine Reisen erzählen?«, fragte Loki und verschränkte die Arme, während er die Jungen beobachtete.

»Nicht viel. Die englischen Bastarde sind viel weiter nach Norden vorgerückt und niemandem gefällt das, aber es ist uns gelungen, viele von ihnen wieder zurückzuschicken. Oder sie zu begraben.«

Loki lachte. »Das ist der beste Platz für sie in den Highlands. Tief unter der Erde.«

»Hast du auf deiner Reise welche gesehen?«, fragte Maitland.

»Nein, aber wir sind schnell unterwegs. Ich habe nur vier andere bei mir, also sind wir weniger als zehn. Und ich mache mir meine Freundschaften zunutze, um in der Nacht Schutz zu finden. Diese Knochen sind zu alt, um noch auf dem blanken Boden zu schlafen. Ich bevorzuge eine Pritsche irgendwo unter einem Dach. Ich brauche kein weiches Bett, nur eine Pritsche drinnen, die mich vor der Kälte des Winters schützt.« Er trug einen dicken Umhang mit einem langen Schal. »Oft finden wir ein paar Burschen und bringen sie mit nach Hause, aber auch sie sind die kalten Nächte in den Highlands nicht gewohnt. Ich bin dir für deine Gastfreundschaft dankbar, Menzie.«

»Das ist nicht der Rede wert. Wir freuen uns immer, euch zu sehen«, meinte Maitland.

Wiley lief zu Loki hinüber und stellte sich vor ihn, die Hand voller kleiner Steine. »Lucas hat uns jedem einen Beutel gegeben, in dem wir unsere Steine tragen können, aber er sagt auch, wir sollten immer ein paar behalten, um böse Männer aufzuhalten, die uns vielleicht entführen oder verfolgen. Er sagte, ich solle dich fragen, wie das geht.«

Tad kicherte zusammen mit seinem Bruder, und Loki fragte: »Lucas erzählt wieder Märchen, ja?«

»Papa, das ist eine tolle Geschichte«, meinte Lucas. Erzähl ihnen, wie du den großen, bösen Norweger dazu gebracht hast, wie ein kleines Kind zu schreien.«

Q und Wiley warteten geduldig, und ihre Gesichter waren voller Vorfreude.

»Es ist ein schönes Geheimnis, das ich euch da verrate, ihr Lieben.« Der hochgewachsene Mann kniete sich hin, so dass er auf gleicher Höhe mit ihnen war.

»Was ist das Geheimnis?«, fragte Wiley.

»Was Geheimnis?«, ahmte Q nach.

»Man legt die Steine in die Schuhe der Schurken, wenn sie schlafen. Dann können sie dich nicht jagen.«

Die beiden Jungen kicherten vergnügt und mit einem Anflug von Unruhe.

»Was hat er gemacht?«, fragte Wiley.

»Was machen?«, wiederholte Q.

Loki beugte sich vor und flüsterte: »Ein gemeiner alter Norweger, dem ich gefolgt bin, hat sich für die Nacht in einem verlassenen Haus verkrochen. Ich wusste, dass ich ihm folgen musste, wenn er ging, aber ich musste mich auch ausruhen. Nachdem er sich schlafen gelegt hatte, schlich ich mich zu ihm und legte Steine in seine Schuhe. Als der mürrische Schweinehund sie anhatte, fluchte und fluchte er eine ganze Zeit lang und schrie. Ich wusste, dass er gehen wollte, also folgte ich ihm. Dann wusste ich, wo er hin wollte.«

Wiley sah Q an und sagte: »Wir müssen unsere Säcke füllen.«

Die beiden rannten los, um ihre Aufgabe zu erledigen, aber Tad rief: »Das darfst du deinen Eltern oder deinem Onkel nie antun!«

Loki lachte, als die Jungen davonliefen, dann

wurde seine Miene wieder ernst. »Hattet ihr viel Ärger mit Räubern? Wir haben weder welche gesehen, noch haben wir viel von Ärger gehört. Hat einer von euch eine Idee? Wir stoßen immer wieder auf Plünderer oder Diebe, die versuchen, Schafe zu stehlen.«

»Ich habe auch keine gesehen«, meinte Maitland. »Und ich stimme dir zu. Irgendetwas ist merkwürdig daran.«

Was zum Teufel stimmte hier nicht?

Kapitel Sieben

MAEVE SUCHTE AUF dem Boden des Obstgartens nach den letzten Früchten, aber es gab nicht mehr viele. Der Tag neigte sich dem Ende zu, und sie spürte, wie sich der Wind zu drehen begann, also beeilte sie sich mit ihren Aufgaben, um im Falle eines Sturms rasch wieder ins Haus zu gelangen.

Sie hatte eine der Wachen bei sich, und die Tore waren wie immer von zwei Wachen besetzt, also hatte sie es ihrem pochenden Herzen zum Trotz gewagt, in den äußeren Obstgarten zurückzukehren. Das hatte sie schon einmal getan, also konnte sie es wieder tun, wenn sie vernünftige Vorsichtsmaßnahmen traf. Sie wusste immer, wo ihre Wache war, hörte immer auf alles, das sich näherte, und sie vergewisserte sich immer, dass die Torwachen in Rufweite waren. Und es war ihr gut gegangen.

Sie *konnte* ihre Ängste besiegen, dachte sie stolz.

Auf dem Rückweg hielt sie an den Gräbern ihrer Eltern an und sprach ein stilles Gebet, in dem sie den Herrn bat, die beiden in seinen Armen zu halten.

Gerade als sie durch das Tor trat, hörte sie das Geräusch von Hufgetrappel. Sie blieb stehen, um zu sehen, wer es war, ehe sie sich den Ställen zuwandte, um ein paar Äpfel für die Stallburschen und die Pferde in den Korb zu legen. Zu ihrer Freude war es Maitland.

In den wenigen Tagen, die er fort gewesen war, hatte sie oft an ihn gedacht, und an den zwischen ihnen ausgetauschten Kuss, den sie so genossen hatte. Er war ein feiner Mann mit angenehmen Manieren, und in ihren Augen war er so gutaussehend, wie man nur sein konnte. Mit seinem strahlenden Lächeln konnte er ihr Inneres erhellen.

Aber sie konnte nicht vergessen, was sie zu ihm gesagt hatte. Dass sie niemals heiraten würde, weil sie das Gebiet der Grant niemals verlassen könnte. Sie wünschte, er könnte hier mit ihr leben, aber da sie wusste, wie gern er im Land umherstreifte, überlegte sie sich diese Möglichkeit noch einmal.

Es stimmte, dass sie niemals gehen konnte, das wusste sie. In den letzten drei Jahrzehnten ihres Lebens hatte sie nicht den geringsten den Wunsch verspürt, das Gebiet der Grants zu verlassen, und selbst die Aussicht auf einen Ehemann samt einer eigenen Familie reichte einfach nicht aus, um sie von hier fortzulocken. Oh, man hatte ihr erzählt, dass sie in ihrer Jugend ein paar Mal in die Gebiete der Ramsays und Camerons gereist war, und sie erinnerte sich vage daran, doch in der Regel war sie auf dem Schoß ihres Vaters auf dessen großem Schlachtross geritten. Kein Mann würde es wagen, den Unmut von Midnight oder Alexander Grant auf sich zu ziehen.

Doch mit der Zeit zog ihr Vater nur noch in die Schlacht, und sie blieb im Bergfried und wartete auf seine sichere Rückkehr. Oft fragte sie sich, warum sie sich so an ihre Eltern klammerte. Kyla ging überall hin, wohin Finlay ging, und Elizabeth und Gil pendelten ständig zwischen Grant Castle und Castle Curanta hin und her. Aber Finlay hatte immer beim Grant Clan gelebt, und so war dies für beide das Zuhause.

Wahrscheinlich würde Maitland es vorziehen, bei den Menzies zu leben. Oder wollte er wie Logan Ramsay ständig auf Reisen sein? Vielleicht sollte sie versuchen, dieses Thema mit ihm anzuschneiden, sobald sich eine Gelegenheit dazu ergab.

Aline, Gott segne sie, hatte ihr gesagt, dass es um ihr Leben gegangen war, als sie noch bei Hew waren. Ihre frühen Jahre hatte sie in ständiger Angst verbracht. Sie hatte angedeutet, dass Maeve diese Angst auch in sich trug und unfähig war, sie loszulassen. Wenn sie sich nicht an dieses Leben erinnern konnte, würde sie die Angst nicht loslassen können, die es ihr eingeflößt hatte.

Da sie sich nie für einen Mann interessiert hatte, war die Nähe zu ihrer Familie nie ein Thema gewesen.

Maeve begrüßte Maitland, sobald er durch das Tor der Vorhangmauer kam. »Willkommen, Maitland. Ich freue mich, dass du zurückgekommen bist. Ich war mir nicht sicher, ob du das geplant hattest oder nicht. Wie geht es deiner Mutter?«

Er stieg ab, schritt auf sie zu und küsste sie auf die Wange, was Maeve ein Lächeln entlockte. »Es ist schön, wieder da zu sein und dich wiederzusehen, Maeve. Mama geht es gut, das kann ich zu meiner Freude sagen. Es ist zum Teil ihr Verdienst, dass ich wieder hier bin.«

»Ich möchte deine Neuigkeiten hören. Ich komme zu dir in die Halle, nachdem ich diese Äpfel in den Stall gebracht habe. Würde sich dein Ross über einen Leckerbissen freuen?«

»Zweifellos würde er das. Aber zuerst …« Maitland griff auf den Rücken seines Pferdes und holte ein in Öltuch eingewickeltes Päckchen hervor. »Hier. Ich habe dir ein Geschenk mitgebracht. Einen neuen Korb für dich. Mir ist aufgefallen, dass dein anderer Korb bereits ein wenig verschlissen ist.«

Sie nahm das Geschenk in die Hand und betrachtete es. Ein feines rotes Band war oben in den Korb geflochten worden. »Maitland, er ist wunderschön. Ich liebe ihn. Vielen Dank an dich.«

Ein paar Augenblicke später waren sowohl ihre Äpfel als auch Maitlands Pferd sicher im Stall, und sie schlenderte zusammen mit ihm in die Halle. »Berichte mir, was du zu Hause vorgefunden hast. War deine Mutter furchtbar krank?«

»Sie hatte sich durch irgendetwas ein Fieber eingehandelt, aber eine meiner Tanten kam, um sie zu pflegen. Als ich ankam, ging es ihr schon viel besser und sie war nicht mehr in Gefahr.«

»Und geht es dir gut?«

»Sehr gut, aber ich habe dich vermisst, Maeve.

Ich genieße deine Gesellschaft, und ich wollte zu dir zurückkehren. Und vielleicht einen weiteren Kuss austauschen, wenn du einverstanden bist.«

»Hattest du keine Schwierigkeiten auf deiner Reise?«

»Nein. Meine Männer dachten, es würde sich ein Sturm zusammenbrauen, aber ich bin mir nicht sicher, ob er das Gebiet der Grants erreichen wird. Es ist einerlei, denn die Temperatur sinkt schnell, und deshalb bin ich froh, hier zu sein.«

»Das Dinner ist vorbei, aber wir haben noch Fleischpasteten. Hammelfleisch, glaube ich. Möchtest du eine?«

»Ich hätte gern eine, wenn es dir nichts ausmacht. Meine Männer werden wie üblich in den Stallungen bleiben, aber sie könnten etwas zu essen gebrauchen. Wegen des Temperaturwechsels sind wir schnell unterwegs gewesen. Was könntest du ihnen mitbringen?«

»Komm mit mir und wir sehen nach, was die Köchin anzubieten hat.«

Sie betraten die Küche am Ende des Gangs, und Maeve war überrascht, dass sie verwaist war. Fast wäre sie zusammengezuckt, als sie seine Hände auf ihren Hüften spürte. Er drehte sie herum und beugte seinen Kopf zu ihr.

»Ich habe über unseren Kuss nachgedacht, Maeve. Was sagst du dazu?«

Ihre Antwort bestand darin, ihn nach unten zu ziehen, bis seine Lippen mit den ihren verschmolzen waren. Erst seufzte sie tief, doch dann teilte sie ihre Lippen für ihn, wobei sie das Spiel ihrer Zungen genoss. Zuerst war Maitland sanft und zärtlich, aber sein Kuss wurde rauer, und sie fand Gefallen daran. Er brauchte sie, und sie wollte dieses Bedürfnis anfachen – und es befriedigen. Seine Lippen verließen ihren Mund und wanderten ihren Hals entlang, wo sie flüchtige Küsse hinterließen, die ihr Inneres in Brand setzten. Die Hitze durchflutete sie und ihre weiblichen Teile und verursachte ein Kribbeln in ihr, das sie erschauern ließ. So etwas hatte sie noch nie erlebt.

Oh, sie kannte die Bedürfnisse eines Mannes, aber derjenige, der ihr die Jungfräulichkeit geraubt hatte, war rau und grob gewesen. Selbst seine Küsse waren Bissen nahegekommen, von denen ihre Haut wund geworden war. Sie hatte ihr Bestes getan, um ihrer gemeinsamen Zeit ein Ende zu machen, doch damals war sie naiv gewesen und hatte Dinge zugelassen, die sie nicht verstand, und bevor sie noch wusste, was ihr geschah, hatte sie ihre Jungfräulichkeit verloren. Der Schmerz ließ sie wissen, was er getan hatte.

Anschließend hatte er sich zutiefst zerknirscht entschuldigt, doch sie hatte sich geschworen, Abstand zu ihm zu halten. Das war nicht weiter schwer gewesen. Am nächsten Tag war er verschwunden, wahrscheinlich aus Angst, sie würde ihrem Vater von dem Vorfall berichten, der dann eine Ehe erzwingen würde.

Dagegen hätte sie sich gesträubt. Der Mann war kein Schurke, aber ein Leben mit ihm hätte sie nicht genossen. Sie war jung und töricht gewesen und sie hatte ihre Lektion gelernt, ohne katastrophale Folgen in Kauf nehmen zu müssen.

Seit damals hatte sie nicht mehr viele Küsse mit anderen ausgetauscht.

Und keiner darunter war so köstlich wie der von Maitland Menzie gewesen.

Die Tür öffnete sich und eine der Dienstmägde trat ein. »Verzeihung«, sagte sie und neigte den Kopf. »Ich dachte, ich bringe meiner Mutter ein zusätzliches Stück Brot.«

»Geht und nehmt, was ihr braucht. Wir suchen ein paar Speisen für eine Mahlzeit für die Menzie Wachen.«

Maitland wählte einen Laib Schwarzbrot, ein Stück Käse und drei Fleischpasteten aus, die er mit seinen Freunden teilte. In den Unterkünften der Wachen neben den Ställen gab es immer Met. Sie brachten das Essen zu den Männern und kämpften sich bis zum Stall gegen den aufkommenden Wind durch.

Auf dem Rückweg nahm Maitland ihre Hand in seine und meinte: »Komm mit mir. Ich liebe es, auf die Mauer zu steigen und zuzusehen, wie der Sturm aufzieht.«

»Er wird bald hier sein.« Maeve schlang sich ihren Umhang um den Hals und zog ihren Schal fester. »Das wird eine neue Erfahrung für mich. Normalerweise trage ich Sorge dafür, vor einem Sturm drinnen in Sicherheit zu sein. Mit Maitland an ihrer Seite muteten neue Abenteuer nicht ganz so beängstigend an.

Er nahm sie bei der Hand und führte sie die Treppe zum Wehrgang auf dem Ringwall hinauf. Dort fanden sie eine Stelle, an der sie sich anlehnen konnten, um das Wetter um sie herum zu beobachten. Es war ein unheimlicher Anblick mit Wolken, die in der Dämmerung wirbelten, aber ein Hauch von Sonne glomm noch am westlichen Horizont. Maitland zog sie von hinten an sich, um sie warm zu halten und vor den Böen zu schützen, die auf der Brüstung noch stärker zu sein schienen. Die Wolken sausten über den Himmel und der Wind pfiff durch den Wald.

»Dort«, sagte Maitland und deutete über sie hinweg. »Siehst du, wie schön diese Wolke ist? Sie wird wahrscheinlich ein Gewitter bringen, weil sie so groß ist und sich immer wieder verdunkelt und ihre Form verändert.«

»Ich finde es wunderschön, Maitland. Die Farben des Nachthimmels sind prächtig.«

Aus dem Augenwinkel nahm sie eine Bewegung außerhalb der Mauer wahr. »Maitland, sieh mal. Da unten. Ist das nicht ein Kind, das über die Wiese rennt?«

Er spähte in Richtung des Pfades, der in den Wald führte, und brüllte: »Komm zurück! Raus aus dem Sturm!«

Die Gestalt wurde nicht einmal langsamer. Vielleicht hatte der Wind Maitlands Worte von ihr weggeblasen. Maeve erkannte das junge Mädchen nicht, dessen rotes Haar ihr sicher im Gedächtnis bleiben würde.

»Wer wohnt da drüben?«, fragte Maitland.

»Niemand, soweit ich weiß. Komm, wir müssen sie finden und zurückbringen.«

Maitland zögerte nicht. Sie liefen die Treppe hinunter und zum Tor, wo sie den Wachen erklärten, wohin sie wollten, und beeilten sich dann, dem Mädchen nachzulaufen. Am Waldrand hatten sie das Kind fast eingeholt, und sie drehte sich zu ihnen um und lächelte sie an, ihr Haar war voller roter Locken und ihr Gesicht voller Sommersprossen. Maeve schätzte sie auf etwa zehn Sommer. Sie winkte ihnen zu, doch dann rannte sie weiter.

»Nein, komm zurück!«, schrie Maeve, weil sie fürchtete, das Mädchen sei in Gefahr. »Du musst mit nach drinnen kommen.«

Sie verfolgten die Kleine weiter, die aber nicht stehen blieb, sondern nur zurückschaute, um zu sehen, ob sie ihr folgten. Sie sah überhaupt nicht verängstigt aus, sondern schien sich eher an einem Spiel zu erfreuen.

»Sollen wir umkehren, Maitland? Sie wird nicht aufhören.« Sie hatte das seltsame Gefühl, dass das Mädchen ein Ziel vor Augen hatte, aber Maeve hatte keine Ahnung, was es sein könnte. Um Grant Castle herum lag ein kleines Dorf, wie es bei den meisten Burgen üblich war, in dem die Mitglieder des Clans Getreide anbauten und die Felder bestellten, doch das Mädchen lief vom Dorf weg, und nicht darauf zu. Mit jedem Schritt lief sie tiefer in den Wald hinein.

»Gibt es so weit im Wald Hütten? Wo könnte sie hinwollen?«, fragte Maitland. Sie eilten weiter, ohne ans Anhalten zu denken.

»Nicht, dass ich wüsste. Mama ritt mit Vorräten zu einigen der weiter entfernten Hütten, aber nie in diese Richtung. Auch keine meiner Schwestern ist diesen Weg geritten, als sie den Dienst übernommen haben.«

»Vielleicht haben sie ein leerstehendes Haus gefunden, in dem sie wohnen können. Ist das möglich?«

»Ich glaube, es gibt zwei verlassene Häuschen tief im Wald. Die alte Heilerin hat in einem davon gelebt, ehe sie starb, habe ich gehört. Aber ich weiß nicht, ob es noch steht.«

»Dann folgen wir dem Mädchen, um sicherzustellen, dass sie sicher ankommt. Du wirst besser schlafen und ich ebenfalls.«

Sie liefen weiter, und gerade als die leeren Hütten in Sicht kamen, öffneten sich die Wolken und es regnete in Strömen. Das Mädchen kreischte und rannte geradewegs in eine der alten Hütten.

Blitze zuckten um sie herum und erhellten die Nacht. Der Donner war so laut, dass ihr die Ohren wehtaten.

»Sollen wir umkehren?«, fragte Maitland. »Sie ist drinnen.«

Ein weiterer lauter Donnerschlag mit drei grellen Blitzen überzeugte sie.

»Nein, wir bleiben. Wenn wir ins Freie gehen, werden bestimmt vom Blitz getroffen.«

KAPITEL ACHT

DAS MÄDCHEN ERSCHIEN in der Tür und winkte sie herein. »Beeilt euch, ihr werdet beide nass.«

Maeve eilte hinein, während Maitland sie mit seinem Körper vor dem Wetter schützte. Sie schätzte seine Ritterlichkeit, zog ihn aber sofort hinter sich ins Haus.

»Hier«, forderte das Mädchen sie auf, »hängt eure Umhänge an den Herd.«

Nachdem sie ihre Oberbekleidung abgelegt hatten, sagte Maeve: »Ich grüße dich. Mein Name ist Maeve und das ist Maitland. Mädchen, wie ist dein Name? Ich habe dich noch nie auf dem Gebiet der Grants gesehen.«

»Callie. Mein Name ist Callie. Wir sind gerade erst hergezogen.« Sie half ihnen, ihre Umhänge und Schals über die Leine neben dem Kamin zu hängen.

Maitland stampfte mit den Füßen auf, um so viel Wasser wie möglich abzuschütteln und dann trat er an die Feuerstelle. Er nahm Brennholz aus einer in der Nähe stehenden Kiste und legte es sorgfältig in den gewölbten Steinkamin.

Maeve schaute sich um. Die Hütte war alt, aber sauber. Sie konnte sehen, dass jemand die alten Stein- und Holzoberflächen auf Vordermann gebracht hatte, indem der Staub und die Spinnweben entfernt worden waren, die sich im Laufe der Jahre angesammelt hatten. Alles war auf Hochglanz poliert.

»Das ist ein schönes Haus, in dem du lebst, Callie.«

Maitland legte Zunder bereit, schlug dann mit Feuerstein und Stahl zu und warf Funken in ein Stück Holzkohle. Die goldene Glut in seinem Zunder wurde im Handumdrehen zu einer Flamme auf der Feuerstelle.

»Es ist nicht viel, aber wir sind hier glücklich.« Das Mädchen nickte mit ihrem roten Lockenschopf, wie um zu bestätigen, dass sie die Wahrheit sagte.

Die kleine Hütte war leer, bis auf die drei. »Wo sind deine Mama und dein Papa?«

»Sie wohnen nicht hier. Ich lebe bei den Schwestern. Sie haben mich adoptiert, als ich vor langer Zeit meine Eltern durch das Fieber verloren habe. Ich habe immer bei ihnen gelebt.«

Maeve dachte, ihr Herz würde zerspringen und tagelang schmerzen. Sie identifizierte sich so sehr mit dem Mädchen. Maitland trat vor, als er das Feuer zum Leben erweckt hatte, und legte Maeve eine Hand auf den Rücken. Seine Unterstützung verlieh ihr den Mut, weiterzusprechen.

»Ich habe meine Eltern auch verloren, als ich noch klein war.« Sie ließ sich in einen der beiden

Stühle am Feuer sinken, und war froh über die Wärme.

»Was ist mit ihnen passiert?«, wollte Callie wissen, die eine Decke aus einem Korb nahm und sie Maeve reichte. Die Flammen warfen einen seltsamen Schein um ihr rotes Haar.

»Ich weiß es nicht genau. Ich wurde von einem sehr gemeinen Mann aufgenommen, aber ob sie vorher gestorben sind oder ob er sie getötet oder mich einfach gestohlen hat, kann ich nicht sagen. Ich wurde von zwei Engeln aus dem Himmel gerettet, Alex und Maddie Grant, und sie haben mich geliebt und aufgezogen wie ihr eigenes Kind.«

»Leben sie in der großen Burg?« Callie zog einen Hocker heran und setzte sich vor Maeve, während Maitland den anderen Stuhl nahm.

Maeve rieb sich die Hände und dachte, dass es ihr gar nicht so unangenehm war, an einem fremden Ort zu sein, wie sie gedacht hatte. »Sie sind beide gestorben, aber ja, sie waren vom Grant Clan. Er war der Laird. Maddie hat uns vor vielen Jahren verlassen, aber Alex haben wir erst letztes Jahr zur Weihnachtszeit verloren.« Sie hatte Tränen in den Augen, die aber nicht austraten. Vor diesem kleinen Mädchen zu weinen, war kein angemessenes Verhalten.

Sie beschloss, das Thema zu wechseln. »Wo sind deine Schwestern?« Die Hütte war mehr als bewohnbar, wenn sie erst kurze Zeit hier waren. An der Rückwand befand sich eine weitere Kochstelle, an der ein großer schwarzer Topf an einem Haken über der Asche des letzten Feuers hing. Die Feuerstelle, an der sie saßen, befand sich an der Seitenwand. Vor der Kochstelle stand ein großer Tisch, und auf den beiden Seiten befanden sich zahlreiche Regale, auf denen Becher, Schüsseln und Utensilien standen. Der Boden bestand aus gestampfter Erde mit Binsen, die in der Mitte zu einer Matte geflochten waren, und von der Decke hingen Trockenblumen, die dem Raum einen frischen Duft verliehen. Auf dem Tisch standen Körbe mit Herbstgemüse und -früchten bereit, um zu einer Mahlzeit verarbeitet zu werden.

Zwei Türen flankierten den vorderen Kamin, und sie vermutete, dass es sich um zwei Schlafkammern handelte, die sich die Wärme des Feuers durch die Steine des Kamins und des Schornsteins teilen würden. In der Mitte des Raumes stand außerdem ein Tisch mit vier Hockern drum herum.

Callie fand eine Kerze und zündete sie mit einem im Feuer brennenden Binsen an, dann ging sie in der Stube umher, um noch ein paar weitere anzuzünden. »Eine der Schwestern stellt Talgkerzen her, wir haben also genug davon. Mir ist eine helle Kammer lieber als eine dunkle. Die Schwestern gehen in die nicht weit entfernte Abtei. Normalerweise sind sie bei Einbruch der Dunkelheit wieder zu Hause, aber der Sturm hat sie wahrscheinlich in der Abtei festgehalten. Wir haben vereinbart, dass ich hier bleibe, bis sie zurückkehren können, falls sie es nicht mehr nach Hause schaffen.«

Sie kehrte auf ihren Stuhl zurück und lächelte

zufrieden, wobei sie sich selbst eine Decke um die Schultern legte. »Seid ihr Mann und Frau? Möchtet ihr zusammen schlafen? Das Bett der Schwestern, in der Kammer rechts, ist groß genug für euch beide.«

Maitland öffnete den Mund, um zu antworten, aber Maeve schaltete sich ein und sagte: »Ja, wir schlafen zusammen.« Diese Antwort überraschte sie selbst, aber sie wusste, dass sie Maitlands Wärme für die Nacht in diesem kalten Haus brauchen würde. Und sie würde sich viel sicherer fühlen, wenn Maitland mit ihr in der gleichen Kammer wäre.

Er wollte etwas sagen, doch sie brachte ihn mit einem Blick zum Schweigen. Das könnten sie unter vier Augen besprechen.

Dann ging ihr auf, was das Mädchen gesagt hatte, und sie legte den Kopf zurück und kicherte. »Oh, diese Art von Schwestern. Ich dachte, du hättest drei Geschwister. Du meinst Nonnen.«

»Ja, sie sind Nonnen. Ich habe keine Geschwister. Ich wünschte, ich hätte welche, aber ich bin Einzelkind.«

»Wir werden bei dir bleiben, bis die Schwestern zurück sind«, versprach Maitland. »Morgen früh, wenn der Sturm vorbei ist, kann ich Feuerholz für einen weiteren Tag für dich schlagen.«

Maeve gingen so viele Fragen durch den Kopf, dass sie nicht wusste, welche davon sie zuerst stellen sollte. Es war nicht so, dass sie sich um Maitland und ihre gemeinsame Nacht Gedanken machte. Nachdem sie alles besprochen hätten, würde es kein Problem zwischen ihnen geben. Aber das

Mädchen und ihre Situation waren unzweifelhaft einzigartig. Sie wollte dem Mädchen nicht zu nahe treten, aber sie wunderte sich schon sehr über ihre Situation. Als sie sich entschieden hatte, wie sie anfangen wollte, sagte sie: »Du hast vorhin gesagt, du hättest deine Eltern vor langer Zeit verloren hast. Es tut mir sehr leid, das zu hören.«

»Habt kein Mitleid mit mir. Papa und Mama sind im Himmel, aber ich kann Mama in meinem Kopf hören. Sie redet die ganze Zeit mit mir. Sie sagt, dass ich bald bei jemand anderem leben und vielleicht auch Geschwister haben werde.«

Das Mädchen ging zu einer Truhe hinüber, die an der gegenüberliegenden Wand stand, und durchsuchte deren Inhalt. »Hier, Lady Maeve. Ich denke, dieses Nachthemd wird Euch passen.«

»Vielen Dank an dich, Callie. Meine Kleider sind noch feucht und es war ein langer Tag, deshalb würde ich mich gerne fürs Bett umkleiden.« Sie folgte Callies Anweisungen und begab sich in die Kammer auf der rechten Seite.

Die Einrichtung war spärlich – so spärlich, dass Maeve, wenn sie es nicht besser wüsste, behaupten würde, es wohnte niemand dort.

KAPITEL NEUN

SOBALD MAEVE AUSSER Hörweite war, meinte Callie zu Maitland: »Ich hatte gehofft, Euch allein zu erwischen. Ich habe eine Nachricht für Euch von jemandem namens Nesta. Kennt Ihr jemanden mit diesem Namen?«

Maitland schlug das Herz bis zum Hals, obwohl er sich bemühte, seine übliche ruhige Haltung zu bewahren. »Ich kenne jemanden namens Nesta. Was sagt sie?« Er verriet nicht, dass Nesta nicht mehr in dieser Welt, sondern in die nächste übergegangen war. Wenn das Mädchen so sprach, als würde seine Frau noch leben, würde er wissen, ob das Mädchen ihn zu täuschen versuchte. Ob es nun Täuschung war oder nicht, er wollte hören, was das Mädchen zu berichten hatte.

Oder besser, was Nesta zu sagen hatte.

»Sie sagt, Ihr müsst weiterleben. Es war nicht Eure Schuld, was passiert war. Ihr denkt, sie wurde geschlagen, bis sie starb, aber das ist nicht die Wahrheit.«

Maitland hatte nie mit jemandem über die Schuld gesprochen, die er an Nestas Tod trug, dass er glaubte, es sei seine Schuld gewesen, dass sie

nur einen Raum weiter erschlagen worden war,
während er hilflos daneben stand. Wie konnte
dieses Mädchen etwas davon wissen? Sie war erst
fünf Winter alt, als das geschah.

In seiner Verzweiflung und aus Angst vor der
Antwort zwang er die Frage über seine Lippen.
»Was ist dann die Wahrheit?«

»Sie hat dein Kind zur Welt gebracht, und
das war sehr schwer für sie. Sie sagte, sie schrie
vor Schmerz, als sie das Kind herauspresste, und
noch einmal, als sie erfuhr, dass es im Mutterleib
gestorben war. Und dann starb sie, weil sie blutete
– ihr Geburtsblut wollte nicht aufhören zu fließen
–, nicht, weil die Wachen sie misshandelt hatten.
Die Hebamme konnte weder für die Mutter
noch für das Kind etwas tun.« Callie hielt inne
und rückte ihre Decke zurecht. »Ich fühle mich
schrecklich, wenn ich Euch das erzähle, Master
Maitland, aber meine Mama liegt neben ihr
und sagt, Ihr müsst das alles hören.« Sie wartete,
dann griff sie nach seiner Hand. »Alles wird gut
werden. Ihr werdet Kinder haben, aber nur, wenn
ihr nicht mehr lange zögert. Sie sagt, das perfekte
Kind für Euch ist in der nächsten Kammer.«

Maitland konnte keine Worte finden, um ihr
zu antworten. Ganz offenkundig war dieses
Kind eine Seherin, und sogar begabter als seine
eigene Mutter. Die Worte, die sie sprach, besaßen
einen tiefen Wahrheitsgehalt, den er zu erkennen
gelernt hatte, als seine Mutter aus ihrer eigenen
besonderen Sicht sprach.

»Ach, und Mama hat gesagt, ich soll Euch noch
etwas sagen. Die Männer hatten Euch nicht

gewollt. Sie wollten Euer Kind. Sie wollten es verkaufen.«

Maitland dachte über diese Aussage nach und fragte sich, ob sie tatsächlich der Wahrheit entsprechen könnte. Er hatte schon von Leuten gehört, die behaupteten, mit den Toten zu sprechen, aber das hier ging weit darüber hinaus.

Er ließ die Frage aus, woher Callies Informationen stammten, und betrachtete die Situation. Hatte Nesta das Kind entbunden und war nicht an den Schlägen gestorben? War ihr Tod auf eine Blutung zurückzuführen?

Hatten die Männer das Kind gewollt und nicht sie? Vor vielen Jahren hatten Männer etwas betrieben, das man den Kanal von Dubh nannte. Sie hatten Kinder gestohlen, um sie wie Handelsware zu verhökern. Es waren Kinder jeden Alters dabei gewesen. Sie hatten versucht, Kenzie und Steenie und viele andere zu verkaufen. Er würde Connor eingehender über diese Umstände befragen müssen, da dieser daran beteiligt war, diesen grausamen Plan ein Ende zu machen. Aber es beantwortete einige seiner Fragen über diese Zeit – warum sie überhaupt entführt worden waren, die Themen der Verhöre und warum Nesta im Mittelpunkt der Aufmerksamkeit ihrer Entführer gestanden hatte.

Maeve trat aus der Kammer. Mit dem Nachthemd und ihrem offenen goldenen Haar, das ihr halb über den Rücken fiel, sah sie wie ein Engel aus. Maitland musste sich zwingen, sie nicht anzustarren.

Sie entschuldigte sich und meinte: »Ich musste

mein Haar zum Trocknen offen lassen. Ich weiß, es ist nicht richtig. Mama hat immer gesagt, ich soll meine Haare trocknen, ehe ich zu Bett gehe.«

»Maeve, dein Haar ist genauso wunderschön wie du. Aber das Beste an dir ist dein großes Herz.«

Sie errötete und kehrte hastig zum Kamin zurück, wo sie sich die Decke schnappte, die sie zuvor benutzt hatte. »Es ist kühl dort drin.« Sie warf einen Blick auf Maitland und runzelte die Stirn. »Du siehst aus, als hättest du einen Geist gesehen, Maitland. Ist alles in Ordnung mit dir?«

»Ja, mir geht's gut.» Er griff nach Maeves Hand, die der dann mit seinen eigenen beiden umschloss. »Du bist kalt.« Die Worte, die er gerade gehört hatte, hallten in seinem Kopf wider. Er wusste, dass sie der Wahrheit entsprachen: Maeve war die Richtige für ihn. Und dann erinnerte er sich an etwas anderes, das Callie ebenfalls gesagt hatte und das er unter all den anderen Enthüllungen fast übersehen hätte.

Callie hatte gesagt, sie würden noch Kinder bekommen, wenn sie keine Zeit vergeudeten. Maeve und er. Daraufhin wurde er von Gefühlen überwältigt, mit denen er nicht gerechnet hatte. Freude. Der Himmel hatte ihm gerade gesagt, dass er Maeve so lieben durfte, wie er es sich wünschte.

Er könnte Maeve lieben, sie heiraten und eine Familie mit ihr gründen. Er würde sich nicht schuldig fühlen müssen, weil er Nesta verraten hatte, wenn sie ihnen vom Himmel aus zusehen würde. Tatsächlich hatte Nesta selbst gesagt, es sei Zeit, weiterzuleben.

Aber würde Maeve seine Liebe annehmen? Würde sie ihn als ihren Ehemann akzeptieren?

»Er hat keinen Geist gesehen, aber er hat mit einem gesprochen«, meinte Callie. »Ihr werdet bald an der Reihe sein, Lady Maeve.«

»Ich bin dran? Wovon redet sie, Maitland?«

»Maitland, kann ich bitte mit Lady Maeve allein reden?«, bat Callie.

Das bedeutete, dass Callie eine Nachricht für Maeve haben musste, soviel wusste er und er würde sich nicht einmischen. »Ich werde dir später berichten, Maeve. Ich kümmere mich um das Feuer, dann gehe ich zu Bett. Ich hoffe, du kommst nach, nachdem du mit Callie geplaudert hast.« Er musste über all das eben Gehörte nachdenken. Dann gab er ihr einen Kuss auf die Stirn und sagte: »Komm ins Bett, wenn du bereit bist, Liebes.«

Die Liebe überwältigte ihn. Doch ein immer wiederkehrender Gedanke wollte ihn einfach nicht loslassen.

War es wirklich an der Zeit für ihn, wieder zu heiraten?

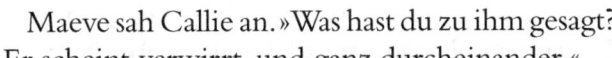

Maeve sah Callie an. »Was hast du zu ihm gesagt? Er scheint verwirrt, und ganz durcheinander.«

»Ich hatte eine Nachricht für ihn, wie ich auch eine Nachricht für Euch habe, Lady Maeve. Bitte setzt Euch und wärmt Euch am Feuer.«

Maeve schlug sich die Decke fest um die

Schultern, zog ihren Stuhl näher an den Kamin und seufzte, als die wohlige Wärme sie durchströmte. »Ich verstehe das nicht, Callie. Wie kannst du eine Nachricht für mich haben?«

»Jemand, der bei meiner Mama ist, hat eine Nachricht für Euch. Er sagt, Ihr sollt genau zuhören.«

Maeve wusste nicht, was sie sagen sollte. War Callies Kommunikation mit ihrer Mutter nur eine Einbildung oder hatten sie wirklich eine Art Verbindung, die es Callie ermöglichte, diejenigen zu hören, die über das Grab hinausgegangen waren? Sie war sich nicht sicher, ob sie dem Mädchen trauen sollte oder nicht, aber die Neugierde drängte sie, zu sprechen.

»Sprich weiter, Callie. Wer ist diese Person?«

»Er sagt, ich soll Euch sagen, dass Maitland euer Herz beschützen wird. Dass Ihr Eure Ängste überwinden und ihm vertrauen müsst.«

Sie würde Callies Worten gerne Glauben schenken, doch das konnte sie nicht, ohne zu wissen, von wem sie stammten, und ob sie tatsächlich von einer verstorbenen Person stammten. »Wer spricht da, Callie?«

»Er sagt, sein Name sei Alexander. Er ist Euer Vater.«

Maeves Herz setzte einen Schlag aus, doch dann erinnerte sie sich, dass sie Callie alles über ihre Eltern erzählt hatte, einschließlich ihrer Namen. »Wie sieht er aus?« Sie musste das Mädchen irgendwie auf die Probe stellen.

»Er hat Haare wie die finsterste Nacht, und die

Frau bei ihm hat goldenes Haar wie Ihr. Und hinter ihm steht ein schwarzes Pferd.«

Sie war immer noch nicht überzeugt. Jeder auf und in der Nähe von Grant Land wusste, wie Alex und Maddie aussahen und hatte von Alex' Hengst Midnight gehört. »Was hat er mir sonst noch zu sagen?«

»Eure Mutter sagt, dass Ihr ein glückliches Leben haben werdet, wenn Ihr Maitland vertraut und Eure Tage mit ihm verbringt, auch wenn er reist und das Gebiet der Grants verlässt. Und dass Ihr Eure Ängste bald überwinden müsst, um mehr Jungen und Mädchen vor dem gleichen Los wie in Eurem alten Leben zu bewahren, ehe Ihr gerettet wurdet. Ihr müsst die Grants verlassen. Doch das liegt in Euren Händen. Ihr werdet das Geheimnis kennen, das er brauchen wird, auch wenn Ihr es noch nicht wisst.«

Dieses Rätsel verwirrte sie. Warum sollte sie das Gebiet der Grants verlassen müssen, und wie konnte sie jemanden retten? Hew war längst Vergangenheit – er konnte keine Kinder mehr stehlen.

»Euer Vater sagte, Ihr müsst einen guten Platz für Euer Plaid finden. Es muss nicht mit Euch reisen. Näht die Falte weiter in euren Rock, aber ihr müsst das Karo nicht länger aufbewahren. Ihr seid auch ohne es stark, und er wacht über Euch, ob Ihr nun das Karo bei Euch tragt oder nicht.«

Tränen rannen Maeve über die Wangen, und sie hatte keine Ahnung, wie sie sie aufhalten sollte. Niemand wusste von dem karierten Stückchen Stoff. Keiner. Nicht einmal Kyla. Es war ihr zu peinlich gewesen, diese Schwäche jemandem gegenüber zuzugeben. Dieses kleine Quadrat spendete ihr Trost. Erst nach dem Tod ihres Vaters hatte sie angefangen, es bei sich zu tragen.

Wie konnte irgendjemand davon wissen? Insbesondere dieses seltsame, wortkarge Mädchen. Wachten ihre Eltern wirklich vom Himmel aus über sie?

Von diesem seltsamen Gespräch verdattert, hatte sie kein Wort geglaubt, bis Callie das Stück karierten Stoff erwähnt hatte. Allerdings wusste sie nicht, was sie mit irgendeiner der Aussagen des Mädchens anfangen sollte.

»Welches Geheimnis habe ich?«

»Ich weiß es nicht. Aber ich weiß, dass es eine Erinnerung ist, wie die Erinnerungen, die Euch in Euren Träumen heimsuchen. Ihr werdet es wissen, wenn Ihr davon erfahrt, und dann werdet Ihr genau wissen, was Ihr zu tun habt.«

Maeve nickte und wischte sich die Tränen aus den Augen.

»Eure Mutter sagt, die wahre Liebe wartet in der nächsten Kammer. Verliert ihn nicht. Er wird Euch all das Glück bringen, nach dem Ihr Euch sehnt.«

Sie schaute zur Schlafkammer und fragte sich, ob sie glauben sollte, was sie gehört hatte, doch ihr Verstand war viel zu durcheinander, um sich im Klaren darüber zu sein, was sie denken sollte. Geheimnisse und Plaids und Liebe. Das war einfach zu viel.

»Euer Vater sagte, Maitland sei der Einzige, der Eure Liebe verdiene.«

Sie zuckte zusammen, denn das war das Einzige, was ihr Vater oft zu ihr gesagt hatte. Der eine oder andere Mann hatte sich um sie beworben, aber seine Bemerkung war immer, dass sie Maeves Liebe nicht verdienten. Ihre Mutter hatte ihm zugestimmt. Sie sagte immer: »Deine wahre Liebe wird dich finden.«

Doch das war nie passiert.

»Jetzt hat Eure wahre Liebe Euch gefunden. Liebt ihn von ganzem Herzen, Maeve.« Callie lächelte sanft, als wüsste sie genau, wie Maeve sich fühlte – durcheinander und glücklich und melancholisch zugleich.

Das Feuer prasselte auf und kam wieder zur Ruhe, als Maitland aus dem Schlafgemach trat und aussah, als sei er bettfertig. Seine Füße waren bloß, und seine Tunika hing lose herunter: »Komm, Maeve. Ich werde deine Tränen trocknen.« Dann blickte er zu Callie. »Hast du noch ein paar Worte für uns?«

»Nein, alle, die mit Euch sprechen wollten, sind fort. Sogar Mama. Es ist Zeit für mein Bett.«

Maitland schürte das Feuer und schützte die Glut so, dass sie die ganze Nacht warm blieb. Callie zog sich in ihre eigene Kammer zurück.

Maeve fiel Maitland in die Arme und sagte: »Hast du auch eine Botschaft vom Himmel erhalten?«

»Aye«, murmelte er und drückte ihr einen sanften Kuss auf den Scheitel. »Komm ins Bett, dann können wir beide unsere Erfahrungen teilen, die wir mit dem Mädchen gemacht haben.«

Sie betrat das Schlafzimmer und schwor sich, zu tun, was sie noch nie getan hatte.

Sie war bereit, Maitland ihr Herz zu schenken, wenn er wollte.

Eine kleine Talgfunzel warf ein schwaches Licht auf die Schlafstatt. Sie hatte keine Ahnung, wie sie mit dieser Situation umgehen oder wie sie sich verhalten sollte. Der Schweiß auf ihren Handflächen verriet sie, aber Maitland sagte nichts, und ergriff stattdessen ihre Hand und führte sie zu einer Seite des Bettes, wo er sich setzte und sie neben sich platzierte.

»Ich weiß nicht, ob ich den Worten des Mädchens glauben soll, Maeve, aber ich möchte glauben, dass ihre Worte wahr sind.«

Maeve spielte mit den Falten ihres Nachthemds und blickte dann zu Maitland auf und in seine warmen Augen. »Ich habe die gleiche Botschaft erhalten. Es waren gute Worte, Worte, von denen ich wünschte, sie wären wahr, aber ich bin unsicher. Was hältst du von Callie?«

Er richtete den Blick auf das kleine Licht in der Kammer und hielt inne, um seine Gedanken zu sammeln. Doch es dauerte nicht lange, bis er antwortete. »Ich glaube, sie ist ein Engel, der zu uns gesandt wurde. Sie übermittelte mir Worte von Nesta, und ich glaube, dass sie wahr sind. Wie du weißt, ist meine Mutter eine Seherin, und zwar eine sehr mächtige. Sie glaubt an Engel und die besondere Führung des Himmels. Ich werde darauf vertrauen, dass Callies Worte wahr sind. Was sagst du dazu?«

Während er auf ihre Antwort wartete, drückte

er ihr ganz sanft die Hand, und sie schloss die Augen, wobei ein leises Lächeln in ihre Züge trat. Keiner wusste von dem Stück Stoff des Plaids. Keiner. Callies Worte an sie mussten von ihrer geliebten Mutter und ihrem Vater stammen. »Das glaube ich auch, Maitland. Mein Vater sagte, du würdest mein Herz bewachen, und wenn du es wünschst, werde ich es in deine Hände legen.«

Maitland brach in ein breites Grinsen aus, verschränkte ihre Finger mit seinen und holte sein Menzie-Plaid vom Ende des Bettes, sodass ein Teil ihre Handgelenke sich kreuzte und sie zusammenband. »Maeve, ich verspreche dir meine Treue und meine Liebe, dich zu ehren und zu beschützen, solange wir beide leben werden. Willst du das Gleiche mit mir?«

»Ich liebe dich«, flüsterte Maeve.»Ich liebe dich, Maitland Menzie, und obwohl ich nicht weiß, was das Leben für uns bereithält, vertraue ich dir mein Herz an. Gemeinsam werden wir unseren Weg finden, wohin auch immer er führen mag.«

Er küsste sie, zog sie an sich und ließ sich dann neben sie sinken. Maeves Herz erblühte auf eine Weise, von deren Existenz sie bislang nichts gewusst hatte.

KAPITEL ZEHN

AM NÄCHSTEN MORGEN erwachte Maitland mit einem breiten Lächeln im Gesicht. Er hatte sich mit Maeve durch Handschlag das Eheversprechen gegeben und sie hatten eine wunderbare Nacht miteinander verbracht. Aber die Sonne war schon aufgegangen, und er musste den Tag beginnen. Er wollte Nahrung für Callie beschaffen und sie dann mit ihnen nach Grant Castle zurückkehren lassen, bis die Schwestern aus der Abtei zurückkehrten.

Er küsste Maeve zärtlich auf die Lippen, um sie nicht zu wecken, und dann stieg er aus dem kuscheligen Bett, zog seine Tunika, seine Hose und sein Plaid an, um in die Stube zu treten. Auf dem Weg dorthin nahm er seine Strümpfe und Stiefel mit, die er im angrenzenden Zimmer anziehen wollte.

Callie war nicht da.

Das einladende Haus sah unverändert aus, obwohl es kalt war, also schürte er die Kohlen und fügte Feuerholz hinzu, bis die Flammen hell tanzten und den kleinen Raum zu erwärmen begannen. Es war schon spät am Tag, also machte er sich an seine Arbeit. Er musste annehmen, dass Callie draußen war, um sich um ihre Bedürfnisse zu kümmern oder mehr Feuerholz zu suchen, aber dann fand er einen Zettel auf dem Tisch.

Überrascht, dass Callie schreiben konnte, hob er ihn auf und schaute finster drein.

Die Schwestern kamen im Morgengrauen und sagten, wir würden für einige Tage in die Abtei zurückkehren. Ich wünsche Euch viel Glück auf Eurer nächsten Reise.

Er setzte sich mit einem Plumpsen auf einen Stuhl, als Maeve aus dem Schlafgemach trat. Sie errötete, als sie ihn sah, aber er zog sie in seine Arme und küsste sie. »Kein Grund, rot zu werden, Maeve. Unsere gemeinsame Nacht war wunderschön.«

»Ja, das war sie. Wo ist Callie?«

Er reichte ihr den Zettel. »Sie ist fort, wie es scheint.«

Rasch las sie die Nachricht und sah genauso schockiert aus wie er selbst. »Sie ist schon weg? Die Schwestern waren hier und wir haben sie nicht gehört?« Sie zog ein Fell von einem der Fenster zurück und spähte hinaus. »Ach du meine Güte, der halbe Tag ist vorbei, Maitland. Wir haben furchtbar lange geschlafen!«

»Ja, das haben wir, aber ich habe unsere gemeinsame Nacht genossen, und es tut mir nicht leid, dass wir die Schwestern verpasst haben. Das stimmt doch, oder?« Er stellte sich hinter sie und kraulte ihr den Nacken. »Ich habe wunderschöne

Erinnerungen an unsere erste gemeinsame Nacht. Die erste von vielen, wie ich hoffe.«

»Es tut mir nicht leid, dass wir die Schwestern verpasst haben, aber ich hätte gerne noch einmal mit Callie gesprochen.« Sie hielt inne und dachte einen Moment lang nach, doch dann drehte sie sich in seinen Armen um und küsste ihn. »Auch ich habe unsere gemeinsame Zeit genossen. Sie war zu schnell vorüber. Es macht mir nichts aus, den halben Tag zu versäumen. Dir etwa?«

»Ich glaube nicht.« Er schnappte sich eine Birne und reichte auch Maeve eine. »Das wird uns über Wasser halten, bis wir in der großen Halle etwas warmen Brei bekommen.«

»Wenn noch etwas übrig ist. Vielleicht haben wir auch das Mittagsmahl verpasst. Hoffentlich machen sich die anderen keine Sorgen um uns.« Zitternd und ein Plaid um sich geschlungen meinte sie: »Ich glaube, ich werde Mamas Badekammer benutzen.« Jeder wusste von der Kammer, die Alex vor vielen Jahren für Maddie hatte bauen lassen. »Wenn es noch heißes Wasser gibt.«

Bevor sie aufbrachen, kümmerten sie sich um das Feuer und brachten alles wieder in Ordnung. Dann schlenderten sie gemeinsam zum Bergfried zurück. Unterwegs entdeckten sie niemanden und sahen auch keine Spuren im Neuschnee. Das schlechte Wetter musste sich in der Nacht verzogen haben. Die Bäume glitzerten von einer Eisschicht unter dem Schnee, und das Plopp-Plopp der Schmelze erfüllte den Wald um sie herum.

»Warum gibt es keine Spuren?«, fragte Maitland.

»Die Sonne ist aufgegangen und könnte genügend Schnee geschmolzen haben, um die Spuren zu verwischen. Es ist nicht viel Schnee gefallen, also wäre es nicht schwer voranzukommen. Der Sturm war von kurzer Dauer, aber kräftig. Ich komme in zwei Wochen wieder, um nach den Leuten zu sehen. Ich würde gern die Bekanntschaft der Schwestern machen.«

»Aye, wenn ich das nächste Mal zu Besuch bin, werden wir einen Spaziergang in diese Richtung unternehmen.«

Als sie das Tor erreichten, kam eine Gruppe von Reitern in Sicht, die sich in schnellem Galopp näherten. Sie trugen das Menzie Karo.

»Maitland!«, rief ihm der führende Reiter zu. Maitland erkannte ihn als einen der älteren Menzie-Wächter.

»Was ist los? Wieder meine Mutter?«

»Nein, die Jungen sind verschwunden. Tad will, dass du nach Hause kommst.«

Zur Hölle. Was könnte noch alles schiefgehen? Die Jungen? Sein Magen sackte ihm in die Knie. Er kämpfte gegen das Schwindelgefühl in seinem Kopf an, bei dem er sich zu übergeben drohte. Er hatte ihn wohl nicht richtig verstanden.

»Die Jungen? Wiley und Quillan?« Er ergriff das Zaumzeug des Leitpferdes und hielt das Tier still. Er musste sich vergewissern, dass er richtig gehört hatte. Maeve stand direkt hinter ihm.

»Ja. Sie sind gestern Abend verschwunden. Wir haben überall gesucht, aber es gibt keine Spur von ihnen. Wir glauben, dass der Sturm alle Spuren verwischt hat, und zwei kleine Jungen würden auch nicht viele Spuren hinterlassen.

»Wir reiten los, sobald ich und die anderen Männer, die gestern mit mir gekommen sind, fertig sind. Wir sind in Windeseile so weit. Geht kurz nach drinnen und esst etwas. Nimm mir eine Fleischpastete mit und wir treffen uns wieder hier draußen. Das kann nicht warten.« Er wandte sich an Maeve. »Es tut mir leid, aber ich muss gehen.«

»Natürlich musst du gehen. Ich wünschte, ich könnte etwas für dich tun.«

»Du könntest mit uns reisen, wenn du willst. Aber wir werden schnell unterwegs sein. Mit so wenig Stopps wie möglich.«

Sie schüttelte so schnell den Kopf, dass er wusste, welcher Gedanke ihr zuerst gekommen war – das Gebiet der Grants zu verlassen. Er verstand. Jetzt war nicht die rechte Zeit, sie zu drängen. Ihre Zeit würde kommen. Dies war die Zeit für die Kinder.

»Nein, ich bleibe hier. Ich würde dich nur aufhalten und im Weg sein. Ich wünsche dir Glück bei der Suche nach den Jungen. Hoffentlich haben sie sich nur verirrt.«

Er zupfte an seinem kurzen Bart. »Aye. Diese Jungen sind das Licht in meinem Leben. Vor zwei Tagen habe ich noch mit ihnen gespielt und ihnen beigebracht, wie man eine Schleuder benutzt. Ich werde mir nie verzeihen, wenn ihnen etwas zugestoßen ist.« Seine Augen wurden trüb, aber er zwang die Tränen zurück. Selbst wenn sie sich nur verirrt hätten, wäre das gefährlich. Ein Sturm wie der von letzter Nacht konnte einen Körper schneller erfrieren lassen, als den meisten bewusst war. Und Wölfe und Füchse würden sich über einen Biss in das Bein eines Dreijährigen freuen. Er beugte sich zu ihr hinunter, um ihr einen Kuss zu geben. Dann verweilte er in diesem Kuss, denn er brauchte ihre Wärme und Liebe, bevor er sie verließ.

Als er den Kuss beendete, fragte sie: »Du kommst doch wieder, oder nicht?«

»Maeve«, sagte er und berührte ihr Gesicht. »Wir haben uns gestern Abend die Ehe durch Handschlag versprochen. In meinen Augen bist du meine Frau. Natürlich werde ich wiederkommen. Es tut mir leid, dass ich so schnell gehen muss, nachdem ich dir mein Herz geschenkt habe, aber ich hoffe, du verstehst das. Ich muss mit Connor sprechen.«

»Geh nur. Ich komme schon zurecht. Mach dir keine Sorgen um mich, du hast schon genug Scherereien.«

Er beugte sich zu ihr hinunter und flüsterte: »Es schmerzt mich, dich hier zu lassen, aber ich weiß, dass ich keine Wahl habe.« Er ließ sie los, obwohl seine Seele es nicht wollte. Er wollte noch eine Nacht mit ihr verbringen, noch einen Tag das Land erkunden und noch einen und noch einen und noch einen danach. Aber es sollte nicht sein. Noch nicht.

Er war auf halbem Weg zum Bergfried, als Connor aus der Tür stürmte. »Stimmt das? Tads Jungen sind verschwunden?«

»Aye. Ich weiß nicht viel darüber, aber könnte

ich dich um Hilfe bitten? Vielleicht ein paar Wachen, die uns bei der Suche helfen? Ich glaube nicht, dass die Engländer dahinterstecken – wir hatten sie in die Flucht geschlagen, und sie werden nicht zurückgekommen sein, bevor der Schnee gefallen ist. Und Strauchdiebe sind auch rar gesät. Ich weiß nicht, was los ist, aber irgendetwas ist merkwürdig.«

Die Tür öffnete sich hinter Connor, und Alasdair trat zu ihnen. »Ich habe es gehört. Ich werde mit euch kommen.«

Connor nickte. »Alasdair, wähle zwei Männer aus, die mit uns reiten. Ich möchte, dass du die Wachen anführst.«

»Besteht die Möglichkeit auf eine Schlacht oder brauchen wir nur eine Suchpatrouille?«, fragte Alasdair, als Dyna hinter ihm auftauchte.

»Das wissen wir nicht«, antwortete Maitland. »Dyna wird euch sagen, dass die Engländer, denen wir begegnet sind, ganz anders waren. Keine vorsichtigen Angriffsaufstellungen zum Kämpfen, keine Uniformen. Sie verhalten sich wie die früheren Bewohner des Grenzlandes. Ich glaube nicht, dass sie es auf Kinder abgesehen haben, doch das wissen wir nicht genau. Die Jungen könnten einfach vom Sturm überrascht worden sein, oder jemand hat sie aus einem noch unbekannten Grund entführt. Wir Menzies sind ein starker Clan, aber wir haben keine Schätze, die wir als Lösegeld zahlen könnten.«

»Es könnten die Engländer gewesen sein«, bemerkte Dyna. »Wir haben einige von ihnen getötet, aber ein paar haben überlebt und sind nach Süden gezogen. Könnte dies ein letzter Rachefeldzug vor dem Schnee sein?«

Maitland schüttelte den Kopf. »Das liegt durchaus im Bereich des Möglichen, aber mein Gefühl sagt nein. Die Engländer sind Mistkerle, daran besteht kein Zweifel, aber Soldaten haben keine Verwendung für Kinder.«

»Ich komme mit dir, Maitland. Ich werde dich nicht allein lassen. Wir arbeiten gut zusammen. Derric wird mit all der Hilfe gut zurechtkommen, die er hier hat. Ich werde die Pferde reisefertig machen.« Dyna klopfte ihm auf die Schulter, als sie an ihm vorbei zu den Toren eilte.

»Ich danke dir, Dyna. Ich werde keine Hilfe ablehnen.« Maitland ging hinein, schnappte sich einen halben Laib Brot und sprach zu seinen Männern, die gerade Porridge aßen. »Sobald ihr fertig seid, machen wir uns auf den Weg. Nehmt etwas zu essen für unterwegs mit. Wir werden nicht anhalten.«

Er eilte in seine Kammer und schnappte sich den Reisesack, mit dem er erst am Vortag angekommen war. Es fiel ihm schwer, Maeve zu verlassen, aber er hatte keine Wahl. Sie hatten ihr Gelübde abgelegt, und er hatte die Absicht, es einzuhalten. Er musste sicherstellen, dass ihr Laird – und ihr Bruder – von ihren gegenseitigen Versprechen wusste. Er fand Jamie draußen bei den Ställen.

»Jamie, auf ein Wort, bevor ich gehe, wenn du erlaubst.«

Jamie nickte. »Ich habe von euren Problemen gehört. Wir werden euch helfen, wo wir nur können.« Er folgte Maitland zu einem Platz abseits der Gruppe, die sich zum Gehen versammelte.

Maitland holte tief Luft und legte sein Geständnis ab. »Maeve und ich haben uns gestern Abend die Ehe durch Handschlag versprochen. Ich hätte dich um Erlaubnis gebeten, aber es geschah ohne Vorwarnung. Ich hoffe, du wirst dennoch zustimmen und unsere Verbindung segnen. Es sind Umstände eingetreten, mit denen wir nicht gerechnet haben, und wir haben die Entscheidung gemeinsam getroffen. Ich liebe deine Schwester, und ich sah keinen Grund, zu warten. Wir sind alt genug, um unsere eigenen Gedanken und Herzen zu kennen.«

Jamie klopfte ihm auf die Schulter. »Willkommen im Grant Clan, Menzie. Ich bin einverstanden und freue mich sehr für Maeve und dich. Der ganze Clan wird sich über die Nachricht freuen. Hoffentlich kannst du sie schließlich davon überzeugen, mit dir zu den Menzies zu reisen.«

»Ja, ich teile diese Hoffnung. Vielen Dank an dich.«

Maitland fand Maeve, die sein Pferd bereit machte. Er nahm sie in die Arme und sagte: »Ich habe deinem Bruder gerade gesagt, dass ich in dich verliebt bin und dass wir heiraten werden. Ich hoffe, du bist einverstanden. Er hat uns sein Einverständnis gegeben.« Dann gab er ihr einen leidenschaftlichen Kuss, um sie wissen zu lassen, dass sie wirklich vermisst werden würde.

»Viel Glück««, flüsterte sie. »Finde diese Jungen, Maitland. Und dann kehre zu mir zurück, sobald du kannst. Ich bin auch in dich verliebt.«

Einen Moment später donnerte der vereinte Trupp aus Menzies und Grants die Straße entlang. Mit den beiden Trupps der Menzie Wachen und den vierzig Mann der Grants waren sie fast sechzig Mann stark.

Maitland sprach unterwegs mit Alasdair, Dyna und Connor über Strategien, aber sie hatten keine stichhaltigen Anhaltspunkte für eine mögliche Entführung. Die Reise war quälend lang, doch das gewährte ihm Zeit, über alles nachzudenken, was geschehen war. Ein gesunder Verstand half dabei, einen starken Angriffsplan zu entwickeln.

Sie waren nicht weit vom Gebiet der Menzies entfernt, als sie auf eine Patrouille trafen, die von Maitlands Bruder Tomag angeführt wurde.

»Sei gegrüßt, Connor.« Tomag hielt an, damit sie sich austauschen konnten. »Wir danken dir, dass du zusätzliche Männer mitgebracht hast. Grant Krieger sind immer eine willkommene Hilfe.«

»Du würdest nicht weniger für uns tun.«

»Haben die Patrouillen schon etwas gefunden, Tomag?«, fragte Maitland. »Wisst ihr überhaupt etwas darüber, wo die Kinder sein könnten?« Er wollte unbedingt einen Plan machen, weshalb er darüber im Bilde sein musste, was sie schon alles versucht hatten.

Tomag seufzte und bedeutete ihnen, sich vom Hauptweg zu entfernen. »Das haben wir«, sagte er leise. »Tad hat gestern Abend einen Boten empfangen. Den Jungen geht es gut, aber sie werden versteckt. Die Entführer werden sie unter einer Bedingung zurückbringen.«

Maitland war von dieser Nachricht überrascht. »Eine Entführung gegen Lösegeld? Was zum Teufel können die wollen? Wir werden ihnen jede Münze zahlen, die sie wünschen.«

»Keine Münze«, entgegnete Tomag.

»Was dann?«

»Sie wollen Ada.«

»Ada?«, fragte Connor. »Warum sollten sie Tads Frau wollen?«

Maitland brach beinahe das Herz entzwei. Sein Magen sackte bis in die Zehenspitzen, und er war nahe daran, sich im Gebüsch zu übergeben. Doch die Wut überwog seine erste Reaktion. Ganz tief in seinem Bauch begann ein Feuer aufzulodern, das Bedürfnis nach Rache.

»Ich kenne den Grund.«

Die anderen Männer und Dyna drehten sich alle um und starrten ihn an. Tomag fragte: »Warum? Was können sie von einer Frau wollen, die schwanger ist? Nicht zum Heiraten oder als Hure.«

Die Erinnerung an Callies Worte riss ihn aus seinen Gedanken. Dass Nesta gesagt hatte, sie hätten die beiden in den Kerker gesperrt, nicht wegen irgendetwas, was er getan hatte, und auch nicht wegen irgendwelcher Informationen. Sie wollten ihr Kind.

Maitlands Worte kamen im Flüsterton heraus. »Sie wollen das Kind. Genau wie sie unser Kind von Nesta wollten. Um es zu verkaufen. Manche Leute würden alles für ein neugeborenes Kind tun, um es als ihr eigenes aufzuziehen.«

KAPITEL ELF

MAEVE SAH ZU, wie die Männer davonritten, und ihr wurde das Herz schwer. Erst letzte Nacht hatte sie diesen Mann geheiratet, in den sie sich wider Erwarten verliebt hatte, und nun verließ er sie.

Er wollte *sie* nicht verlassen. Er musste gehen, für Wiley und Quillan. Daran hatte sie keinen Zweifel, doch sie hätte mit ihm gehen müssen.

Aber sie konnte es nicht.

Jamie kam auf sie zu und legte ihr einen Arm um die Schultern. »Er wird zu dir zurückkehren, Maeve. Ich gratuliere euch beiden. Ich glaube, ihr werdet sehr glücklich zusammen sein.«

Sie wandte sich mit Tränen in den Augen an ihren Bruder. »Warum kann ich das Gebiet der Grants nicht verlassen? Das muss ich lernen. Ich möchte ihn begleiten können, wohin auch immer das Leben ihn führt. Ich hätte jetzt mit ihm gehen sollen, aber ich konnte nicht. Ich habe einfach ...«

»Nein«, widersprach Jamie, drehte sie um und führte sie in den Bergfried zurück. »Nein, sie werden zu schnell für dich unterwegs sein,

Maeve. Und er muss sich auf die Suche nach den Jungen konzentrieren können. Du würdest ihn jetzt nur ablenken. Komm, lass uns Kyla suchen, damit du ihr die frohe Botschaft überbringen kannst. Wir werden eine Feier veranstalten, wenn Maitland wieder bei dir ist. Denke daran – an seine Rückkehr.«

Jamie führte sie in das Turmzimmer, in der Kylas Familie die meiste Zeit verbrachte. Kyla, Gracie und Emmalin, Alasdairs Frau, saßen gemeinsam vor dem Kamin.

»Myladys«, setzte Jamie an und drückte Maeve die Schultern, »Maeve hat einige Neuigkeiten für euch. Ich werde mich verabschieden, aber ich dachte, ihr könntet ihr dabei helfen, sich zu beruhigen. Wie ihr wahrscheinlich gehört habt, ist Maitland in aller Eile aufgebrochen, weil seine beiden jungen Neffen vermisst werden.«

»Maeve, komm zu uns«, forderte Gracie sie auf. »Die Nachricht vom Menzie Clan stimmt mich traurig. Ich mache mir immer Sorgen, dass einem von unseren Kleinen eines Tages so etwas widerfahren könnte. Aber berichte uns erst deine Neuigkeiten. Ich hoffe, es sind gute Nachrichten.«

Jamie winkte seiner Frau zu, als er die Gruppe verließ und die Tür leise hinter sich zumachte.

Maeve blickte in die Runde wusste nicht, wo sie anfangen sollte. Ehe sie noch ein Wort sagen konnte, brach sie in Tränen aus.

Kyla eilte herbei und führte sie zu einem Stuhl. »Maeve, was ist los?«

Sie schluchzte auf und sagte: »Maitland und ich haben gestern Abend geheiratet und …«

Kyla kicherte und sagte: »Das sind die besten Neuigkeiten, die ich seit langem gehört habe. Warum weinst du deswegen?«

»Maeve, das ist wunderbar. Ihr werdet ein tolles Paar sein!«, gratulierte Gracie ihr.

»Herzlichen Glückwunsch!« Emmalin lächelte und drückte Maeve die Hand. »Ist das vielleicht zu viel Gefühl für dich?«

»Ich habe das Gefühl, dass ich gerade meinen Mann verloren habe. Ich habe so lange gewartet, und ich liebe ihn, aber er ist gegangen, und er hatte gar keine andere Wahl, also kann ich ihm auch keine Schuld geben. Ich wollte, dass er geht, und ich habe zu viel Angst, ihn zu begleiten, und was ist, wenn er mich dafür verachtet, und wie werde ich jemals gehen können, denn ich muss ja seine Familie kennenlernen, weil er ja zwei Brüder und eine Schwester und zwei Neffen hat, und ach, was soll ich tun?«

Die drei Frauen kicherten alle und sprangen auf, um sie zusammen in eine Umarmung zu ziehen.

Als sie endlich wieder Platz genommen und Maeve ihre Tränen unter Kontrolle hatte, kicherte sie, vor lauter Dank für ihre große Familie. »Ich danke euch, dass ihr mich zum Lachen gebracht habt.«

»Maeve, du hast ein großes Herz«, entgegnete Kyla. »Papa hat immer gesagt, das hättest du. Er würde sich so für dich freuen. Und Maitland wird zurückkehren. Er ist ein ehrenwerter Mann.

Und wir alle konnten sehen, wie verliebt er in dich ist.«

»Und auch wie schmuck er ist«, flüsterte Emmalin.

Gracie nickte zustimmend. »Und sobald diese Episode beendet ist und ihr Zeit hattet, euch aneinander zu gewöhnen, wirst du imstande sein, mit ihm zu reisen. Vielleicht wird eine von uns dich begleiten, wenn dir das lieber ist. Aber wir alle wissen, dass er dich beschützen wird. Ich denke, du wirst das Reisen noch lieben lernen.«

»Die Ehe ist anfangs beängstigend«, meinte Emmalin, »aber du wirst immer mehr Vertrautheit zu ihm finden. Meiner Vermutung nach habt ihr beide nach eurem Eheversprechen gestern Abend nicht viel geschlafen. Bist du vielleicht übermüdet?« Dann zwinkerte sie Maeve mit der Augenbraue zu, und wieder fing die Gruppe zu kichern an.

Als das Gelächter abgeklungen war und ihr Gesicht sich abgekühlt hatte, meinte Maeve: »Ihr habt alle recht. Und die Wahrheit ist, dass ich erschöpft bin. Ich denke, ich werde ein kleines Nickerchen machen. Ich danke euch für eure Unterstützung. Ich wüsste nicht, was ich ohne euch tun würde, Schwestern.«

Sie stand auf, um zu gehen, doch dann hielt sie inne. »Übrigens, Maitland und ich haben ein Mädchen namens Callie kennengelernt, das gerade in eine Hütte im Wald zu drei Nonnen gezogen ist, die sie nach dem Tod ihrer Mutter aufgenommen haben. Wisst ihr etwas über sie? Wir sind während des Sturms bei ihr untergekommen, aber als wir aufwachten, war sie fort. Es war sehr merkwürdig ...«

Gracie sah Kyla an und beide schüttelten den Kopf. Gracie sagte schließlich: »Mir ist nicht bekannt, dass dort jemand wohnt, aber ich werde Jamie bitten, nachzusehen.«

»Kein Grund zur Aufregung. Sie sind zu einer kurzen Reise aufgebrochen, aber sie sagten, dass sie etwa in einem Tag wieder zurück sein werden. Ich werde selbst nachsehen, wenn sie zurückkommen.«

Sie stieg die Treppe zu ihrer Schlafkammer hinauf und dachte über all das Gesagte nach. Maitland würde zu ihr zurückkehren, das stand fest. Die Frage war nur: Würden auch ihre Albträume zurückkehren?

Und was würde er davon halten?

»Du gehst nirgendwo hin, Ada.« Tad schritt im Flur umher und starrte seine Frau an. »Wie kannst du auf die Idee kommen, auf ihre Forderungen einzugehen?«

Sie rieb sich ihren vorgewölbten Bauch, während sie die Situation in der großen Halle besprachen. Die Tränen liefen ihr ungebremst über die Wangen. »Weil ich meine Jungen zurückhaben will. Tad, ich könnte es nicht ertragen, sie zu verlieren. Was sollen wir bloß tun?« Sie warf sich ihren blonden Zopf über die Schulter.

Maitland erkannte auch in Tads Augen das Schimmern ungeweinter Tränen. Wenn es seine

Jungen wären, die entführt worden wären, und seine Maeve in Gefahr wäre, war er sich nicht so sicher, ob er diese Tränen zurückhalten konnte. Er musste seinem Bruder in dieser Krise zur Seite stehen.

Sie mussten die Jungen finden.

»Ich habe Grund zu der Annahme, dass die Männer, die Nesta und mich entführt haben, hinter unserem Kind her waren und nicht hinter uns.«

»Maitland, du hast das nie erwähnt. Warum jetzt auf einmal?«, fragte sein Vater.

Er wusste nicht, wie er dies vor so vielen Zuhörern erklären sollte, also wich er der Frage aus, wobei ein kleines bisschen Wahrheit in seiner Entgegnung steckte. »Nimm es als eine Art Traum. Ich bin mir nicht sicher, aber es ist durchaus möglich, dass die Männer dies mit Nesta vorhatten. Und ich habe darüber nachgedacht, was an jenem Tag geschah, und über die verschiedenen Vorfälle, bei denen Männer Säuglinge und Kinder entführten, um sie zu verhökern. Die Fakten stimmen überein. Mehr kann ich im Moment nicht sagen.«

Connor strich sich über das Kinn. »Es ist gut, den Plan dieser Mistkerle zu kennen, aber wenn du uns nicht direkt zu dem Ort führen kannst, an dem du festgehalten wurdest, Maitland, wird uns das nicht helfen, die Jungen schneller zu finden, so leid es mir tut. Soweit ich mich erinnere, hast du keine Erinnerung daran, wo du festgehalten worden bist, richtig?«

»Aye, ich weiß es nicht. Sie schlugen mich

nieder und ließen mich im Wald zurück. Tad hat mich gefunden.« Wie sehr er sich wünschte, mehr Informationen weitergeben zu können. Er wusste nur, dass es ewig gedauert hatte, von dort, wo er gefunden worden war, zu ihrer Burg zurückzukehren.

Connor wandte sich an Tad. »Was sieht dein Zeitplan vor? Wann sollst du Ada zu ihnen bringen?«

»Heute Abend bei Eintreten der Dämmerung. Wir treffen uns an der Abzweigung der Hauptstraße nach Norden. Sie sagen, sie wollen die Jungen gegen Ada austauschen.«

»Du solltest ihnen nicht glauben. Wenn sie Kinder verkaufen wollen, werden sie auch die Jungen behalten wollen. Ich habe einen Vorschlag«, sagte Maitland und blickte zu Dyna hinüber, die zustimmend nickte.

»Rede weiter«, meinte Tad. »Ich suche nach Lösungen.«

»Wir schicken Patrouillen in Gruppen von sechs Männern aus, die nach allem Ungewöhnlichen Ausschau halten. Sie müssen alle verlassenen Behausungen überprüfen und nach Personen Ausschau halten, die sie befragen können. Wir suchen nach jeder ungewöhnlichen Aktivität.«

»Damit haben wir bereits begonnen, aber ohne jedes Ergebnis. Uns bleibt nur wenig Zeit, Maitland. Am besten überlassen wir ihnen Ada, und dann können wir angreifen, wenn sie fort sind. Wir schnappen uns Ada, wenn wir die Jungen in unserer Obhut haben.« Tad schritt hin und her, während er sprach, und raufte sich dabei die Haare. »Aber ich weigere mich, ihnen Ada auszuliefern.«

»Tad, ich kann entkommen. Sie werden uns die Jungen nicht geben, wenn ich nicht freiwillig gehe. Uns bleibt keine andere Wahl.« Sie rieb sich weiter über ihren Bauch.

»Oh, ich glaube, das haben wir«, sagte Maitland. Er grinste und neigte seinen Kopf in Richtung Dyna.

Sie stellte sich mitten in die Gruppe, hielt sich ein Kissen vor den Bauch und sagte: »Wickle mich ein, Papa. Ich bin gerade hochschwanger. Schlag ein Menzie Plaid darum, und ich bin bereit.«

Connor und Maitland grinsten beide. Connor sagte: »Das ist das Beste, was du tun kannst. Dyna ist auch eine Seherin, und wenn es Ärger gibt, wird sie ihn wahrscheinlich kommen sehen.«

Maitland schnappte sich zwei Menzie Plaids, reichte eines davon Connor und die beiden arbeiteten so lange, bis Dyna genau die gleiche Größe wie Ada hatte. Sie gaben ihr ein Tuch, das sie sich tief ins Gesicht ziehen konnte, um ihr Gesicht zu schützen und die Entführer noch weiter in die Irre zu führen.

Mit einem breiten Grinsen stand Dyna neben Ada und meinte: »Ich bin bereit!«

»Gehen wir«, sagte Maitland.

Sie mussten ihre Jungen zurückholen, und sie durften sich keinen Fehler erlauben.

KAPITEL ZWÖLF

IRGENDWO IN EINEM Keller in einer kleinen Burg im Wald …

»Mir gefällt es hier nicht, Wi«, quengelte Q. »I will nach Hause.«

»Ruhig, Q, bald gehen wir nach Hause. Du weißt, dass Papa uns finden wird.« Die beiden befanden sich in einer kleinen Kammer mit einer seltsam aussehenden Tür. Es gab keine Türklinke und oben war ein Fenster, durch das sie spähen konnten, aber sie waren zu klein, um hinauszusehen. Sie hatten eine Pritsche und eine Decke, die sie sich teilen mussten.

»Aber Papa ist böse auf uns.«

»Wir sind nur vor die Ringmauer gegangen, weil wir die Welpen gehört haben. Wir wussten nicht, dass es böse Männer sind. Papa wird uns trotzdem holen kommen.«

»Wie können sie uns finden?«

»Papa und unsere Onkel sind die Schlausten überhaupt. Sie finden uns.«

»Papa und die Onkels kommen bald? Es ist schmutzig hier. Und ich bin müde.«

»Nimm die Decke, Q. Ich brauche sie nicht. Wir müssen uns etwas einfallen lassen.«

»Warum?«

»Weil ... Was ist, wenn Papa kommt und nur nach oben schaut? Dann weiß er nicht, wo wir sind. Aber das kriegen wir schon hin.«

»Wie schaffen wir das?«

»Wir sind im Keller. Ich möchte nicht im Keller sein. Papa könnte kommen und an die Tür klopfen und er würde nicht wissen, dass wir hier sind. Wenn wir draußen wären, könnten wir uns in den Bäumen verstecken, bis Papa kommt.«

»Können wir nach draußen gehen?«

Eine Stimme auf der anderen Seite der Tür rief: »Seid still, ihr Jungs. Plant keine Dummheiten, sonst bekommt ihr nichts zu essen.«

»Gib uns Essen. Wir haben Hunger«, rief Q.

»Halt dein Maul. Du bekommst dein Essen, wenn die Sonne untergeht, und nicht vorher.«

Dann hörten sie, wie der Mann den Gang hinunterging.

»Q, hast du deine Schlinge und deinen Beutel?«

»Aye, in meiner Tasche.« Er klopfte auf die Seite seines Plaids, wo ihre Mutter eine Tasche genäht hatte, damit sie kleine Dinge verstauen konnten.

»Hast du Steine?«

Er schüttelte den Kopf.

»Wir müssen welche finden. Lass uns in den Ecken suchen.« Die beiden gingen in verschiedene Bereiche der Kammer, die Augen suchend auf den Boden gerichtet.

»Ich habe einen gefunden«, triumphierte Q.

»Und ich habe zwei.« Er hielt sie hoch, um sie seinem Bruder zu zeigen.

»Gut. Steck sie in deinen Beutel. Such weiter.«

Sie suchten die Ecken weiter ab, und sie sahen auch unter einer Schüssel an einer Stelle nach, und dann kam Wiley eine Idee. »Unter der Pritsche! Lass uns dort nachsehen.«

Gemeinsam hoben sie die kleine Matratze an. Zu ihrer Freude war der Boden mit kleinen Steinen übersät. Mehr, als in ihre Beutel passten. Q sah ihn mit großen Augen an und lächelte.

»Wir haben genug. Was machen wir damit?«

»Zuerst legen wir ein paar Steine auf den Boden in der Nähe der Tür, damit derjenige, der reinkommt, darauf tritt. Erinnerst du dich an Lokis Geschichte, in der er die Steine in die Schuhe des Mannes legte? Wenn er auf einen Haufen Steine tritt, tut es weh, und er wird sich seine Füße ansehen. Dann werden wir ihm mit unseren Schleudern Steine ins Gesicht schleudern.«

»Sie sind Schweinenüsse. Schweinenüsse.« Er grinste über seinen eigenen Scherz.

»Du meinst meint mürrische Schweinsnüsse. So nennt Loki sie.«

Die beiden machten sich an die Arbeit, und als sie mit ihrer Steinschicht zufrieden waren, setzten sie sich mit der schussbereiten Schleuder auf die Pritsche und warteten.

»Ich bin hungrig und müde«, quengelte Q. »Ich will Papa.«

»Mach dir keine Sorgen, Q. Mama wird uns alle

Obstkuchen geben, die du dir wünschst, sobald sie uns finden.«

Er lächelte und fragte: »Vepochen?«

»Pst. Da kommt jemand.«

KAPITEL DREIZEHN

MAEVE SCHRECKTE IN ihrem Bett hoch. Gerade hatte sie einen furchtbaren Albtraum gehabt, aber sie musste ihren Schrecken vergessen und Maisie finden. Diesmal war der Alptraum mehr als nur Dunkelheit gewesen.

Sie wusste, wo die Jungen waren.

Sie eilte den Gang entlang, die Treppe hinunter und weiter auf Maisies Turm zu, bis sie dann stehen blieb. Vor der Feuerstelle stand Maisie, als ob sie auf sie warten würde.

»Du hattest einen Traum?«, fragte Maeve. Es war sonderbar, wie oft ihre Albträume in denselben Nächten in derselben Form auftraten.

»Aye. Du auch?«

»Aye. Ich weiß, wo die Jungen festgehalten werden.« Maeve von der plötzlichen Erkenntnis, die sie durchströmte. Callies Worte über das Geheimnis kamen ihr wieder in den Sinn. War es das?

»Ich auch, glaube ich. Erzähl mir von deinem Traum.« Maisie ließ sich auf dem nächstgelegenen Stuhl nieder.

»Ich stand in der Tür zu einer Kammer und hörte zwei Männer miteinander reden.«

Maisie nickte, ihre Augen glänzten von Tränen »Erzähl weiter.«

»Der eine sagte zum anderen, er hätte all die Mädchen gestohlen, weil man mit dem Verkauf von Kindern gutes Geld verdienen könne. Insbesondere den jüngeren Kindern. Doch dann meinte er, die Kleinkinder würden zu viel Scherereien machen, also ließ er nur welche stehlen, die in einem Alter von einem bis fünf Jahren waren. Er sagte, er habe mich aus einer Hütte neben deiner gestohlen. Dort gab es nur eine Mutter, keinen Vater, also tötete er sie und raubte mich. Er sagte, wenn ihm etwas zustößt, soll der andere Mann die Kinder verkaufen.«

»Ich habe das Gleiche im Traum gesehen.«

»Wer waren diese Männer? Wenn ich wüsste, wer sie waren, könnte ich es Maitland sagen.« Maeve zitterte und rückte näher an die ersterbende Glut im Kamin. »Sie könnten die gleichen Männer sein, die die Burschen festhalten.«

»Ich kenne die Männer. Es war Hew. Es dauerte eine ganze Weile, bis ich herausfand, wer der andere Mann war. Es war Hews Sohn. Ich konnte mich daran erinnern, dass er Hew ›Pa‹ genannt hat.«

»Aye, ich habe auch gehört, wie er ihn seinen Vater genannt hat. Oh, Maisie, denkst du, das könnte die Lösung sein?« Tief in ihr blühte ihre Hoffnung auf.

»Ja. Der Jüngere versprach, diesen Plan weiter

zu verfolgen und den Verkauf der Kinder fortzusetzen. Als Hew getötet wurde, war er entkommen.«

»Das müssen wir Maitland mitteilen.« Wenn sie nur wüsste, wie sie ihm dies sagen könnten. Sie konnten ihn suchen lassen, aber sie wünschte sich, diejenige zu sein, die ihm die Nachricht überbrachte. Ihr Verstand scheute vor der Tragweite dieser ganzen Situation zurück.

Gracie tauchte im Korridor auf und eilte zu ihnen hinüber, wobei sie ihr Nachthemd um ihren Leib schlang. »Was ist denn passiert? Warum seid ihr beide mitten in der Nacht hier draußen?«

»Wir wissen, wer die Jungen entführt hat. Wir beide hatten denselben Traum«, antwortete Maeve und rieb sich die Augen.

»Wahrhaftig? War es genau derselbe Traum? Wer war es?«

»Hew Gordons Sohn. Er versprach seinem Vater, weiterhin Kinder zu verkaufen. Das sollte das Vermächtnis seines Vaters sein. Sein Name ist ...« Maeve hielt inne und schaute Maisie hilfesuchend an, die den Kopf schüttelte, weil sie sich den Namen nicht genau hatte merken können.

»Hugo!«, platzte Maisie heraus.

»Das stimmt!«

Gracie sagte: »Ich werde Jamie und Alaric holen. Alaric wird losreiten und Maitland erzählen, was ihr herausgefunden habt.«

»Nein«, sagte Maeve und ergriff Gracies Hand. »Ich möchte mit ihm reiten.«

Gracie wölbte bei Maeve die Stirn. »Bist du sicher, Maeve? Wenn ich es wäre, würde ich gehen, aber du bist noch nicht viel gereist.«

»Nein. Ich muss es tun. Wird er wissen, wo er Hugo findet?«

»Nein, wahrscheinlich nicht.«

Jamie trat hinter seiner Frau hervor und schlang sein Plaid um sie. »Ich habe mitgehört. Maitland wird nicht kommen, aber Alasdair. Jake hat ihm gezeigt, wo Hew Gordon wohnt, falls es je wieder Probleme geben sollte. Die Stelle liegt zwischen den Menzies und hier, glaube ich, aber sie ist versteckt und nicht leicht zu finden.«

»Ich muss mich ankleiden«, verkündete Maeve.

Gracie folgte ihr. »Maeve, ich werde für dich packen. Wann hast du das letzte Mal für eine Reise gepackt? Weißt du, was man in eine Satteltasche packen muss?«

Maeve gluckste. »Nein. Ich begrüße deine Hilfe. Ich wüsste nicht, wo ich anfangen sollte.«

Maeve würde das Gebiet der Grants verlassen.

***

An der Weggabelung, an der sie die Entführer treffen sollten, war es so still, als würde der Wald um sie herum nur auf einen Konflikt warten.

Maitland stand mit Dyna neben ihm, ganz pausbäckig und süß. Er konnte die Stille nicht länger ertragen. »Ich wünschte, ich hätte dich gesehen, als ihr du deine Kinder getragen hast.«

»Ich war hübsch. Nicht wahr, Papa?«

»Alle drei Male. Wunderschön und groß wie ein…«

»Sei auf der Hut …«

Connor gluckste, ohne jedoch etwas dazu zu sagen. »Ich glaube, es kommt jemand.«

»Ich sehe sie auch.«

Maitland stieß einen leisen Atemzug aus. »Gut, dass mein Bruder nicht mit uns gekommen ist, sonst würde er jetzt hier draußen abhauen. Und das verstehe ich. Es fällt mir schwer, nicht das Gleiche zu tun. Ich habe keine Jungen bei ihnen gesehen.« Beide Gruppen blieben auf ihren Pferden sitzen.

»Nein«, flüsterte Alasdair. »Sieben Männer zähle ich. Vielleicht auch acht.«

Sie warteten auf die Männer, die auf sie zuritten, wobei ihre Pferde Dynas Pferd umringten, als wäre es das wertvollste von allen. Sie hatten dafür gesorgt, dass das Kissen unter Dynas Plaid dem Bauch einer hochschwangeren Frau, so ähnlich wie möglich war. Ihre Haarfarbe war fast die gleiche wie Adas, wenn auch ein oder zwei Nuancen heller, denn Dynas Haare waren fast weiß. Doch sie waren ähnlich genug. Sie mussten nur hoffen, dass die Entführer Ada nicht gut genug kannten, um den Unterschied wahrzunehmen.

»Denk daran«, meinte Connor. »Ihr müsst euch beherrschen, wenn es zu einem Kampf kommt. Wenn ihr sie alle tötet, werden wir nicht wissen, wo die Jungen sind.« Sie hatten zwei weitere Wachen mitgebracht, so viele, wie mitzunehmen ihnen erlaubt worden war. Insgesamt waren sie also zu fünft.

Freilich gab es noch eine weitere Gruppe, die sich in den Bäumen versteckte und darauf wartete, beim Ertönen eines Kriegsrufs oder eines Vogelpfiffs anzugreifen, doch sie waren gut ausgebildet und würden sich erst mit der Zeit zu erkennen geben.

Die Entführer waren schon fast bei ihnen angekommen, als Maitland brüllte: »Wo sind die Jungen?«

»Schickt das Mädchen her, und wir sagen euch, wo ihr sie findet«, entgegnete daraufhin der Mann, der in der Mitte ritt.

»Nein«, weigert sich Maitland. »Sag uns erst, wo die Jungen sind.«

Sie waren mit acht Männern gegen ihre fünf gekommen, aber Dyna war zwei wert. Sie hatte ihren Bogen gut verborgen.

»Sie lügen«, sagte Dyna. »Sie werden nichts verraten. Lasst mich mit ihnen zurückkehren.«

»Das wird nicht passieren, Dyna«, gab Connor voller Bestimmtheit zurück.

»Gib ihnen Gelegenheit, mich mitzunehmen.«

»Nein, Dyna«, widersprach Maitland. »Du kannst sie ebenso gut durchschauen wie ich. Sie wollen angreifen, das kann ich in ihren Augen erkennen. Sie denken, sie können uns töten, dich mitnehmen und dann fliehen.«

»Ich werde hysterisch lachen«, meldete sich Alasdair zu Wort. »Ich will nur, dass ihr Bescheid wisst. Ich möchte erleben, wie einer von ihnen versucht, Dyna zu entführen.«

»Lasst einen am Leben«, erinnerte Maitland die anderen.

Ein Pfiff kam von der gegnerischen Gruppe, und die Männer zogen ihre kleinen Schwerter und kamen unmittelbar auf sie zu. Es war ein direkter Angriff. Maitland hatte gewusst, dass es so kommen würde, allerdings hatte er nicht mit den weiteren zehn Männern auf Pferden gerechnet, die aus dem Wald stürmten, um sich den acht Angreifern anzuschließen.

Alasdairs Schlachtruf lockte die restlichen der Männer der Grants und Menzies aus dem Wald, und das Scharmützel nahm seinen Lauf.

»Geh nicht mit ihnen, Dyna«, warnte Maitland sie.

Dyna blieb so lange ruhig, bis jemand versuchte, sie zu packen, und sie nicht mehr das stille Mädchen spielen konnte. Wenn Maitland nicht um sein eigenes Leben kämpfen würde, hätte er gelächelt. Sie zückte ihren Dolch und schlitzte dem Mann den Schwertarm auf. Sein Schwert fiel nutzlos zu Boden. Dann zog sie ihren Bogen, spannte einen Pfeil und drehte sich, um eine freie Schussbahn zu suchen. Immer, wenn ein Mann sie zu seinem Ziel machte, fiel er mit einem Pfeil in der Brust von seinem Pferd.

Die Grants und Menzies mähten ihre Feinde in kürzester Zeit nieder, wobei sie darauf achteten, mehrere von ihnen nur zu verwunden und nicht zu töten, damit sie sie ausfragen konnten. Ein paar ihrer eigenen Männer trugen leichte Verwundungen davon, aber selbst das brachte sie in Rage. Selten unterlagen ihre beiden Clans in einem Kampf.

Das Scharmützel war beendet, und Maitland fühlte sich nicht besser dabei. Er wandte sich an Connor und Alasdair und meinte: »Die Männer sollen sich ein paar der Gefangenen zum Befragen aussuchen. Haltet sie getrennt voneinander fest, damit wir ihre Antworten miteinander vergleichen können.«

»Bitte. Gestatte mir«, meldete sich Dyna. »Ich würde gerne hören, wie sie den Diebstahl von Kindern rechtfertigen.«

»Nein, du bist emotional zu sehr in die Sache verstrickt, weil es Kinder sind«, lehnte Alasdair ab. »Ich kenne dich. Bleib da oben auf deinem Pferd und halte Ausschau nach anderen Angreifern, die vielleicht aus dem Wald kommen.«

Dyna knurrte, doch Alasdair hatte recht. Dynas Temperament flammte jedes Mal auf, wenn es um die Sicherheit von Kindern ging.

»Es funktioniert nicht, Dyna, wenn du auf ihr Kronjuwelen einschlägst. Dann können sie nicht sprechen«, murmelte Maitland. Die anderen Männer lachten und zuckten gleichzeitig zusammen.

Er stieg ab und befragte mit Connor und Alasdair jeden Mann, der noch sprechen konnte, aber sie wurden bitter enttäuscht. Keiner der Männer wusste, wer sie angeheuert hatte, und sie behaupteten allesamt, sie wüssten nichts über den Aufenthaltsort der beiden Jungen.

»Sie boten uns Bezahlung an«, führte der Letzte aus, um in einem Scharmützel zu kämpfen. Wir sollten nur angreifen und uns die Frau schnappen. Mehr nicht. Wir haben nie etwas von irgendwelchen kleinen Jungen gehört.«

»Wo habt ihr euch mit ihnen getroffen? Wart ihr

in einer Burg, einer Hütte, einem Herrenhaus? Wo?«

»Drei Männer waren in das Grenzland gekommen, und hatten uns angeheuert. Sie sagten, wir würden innerhalb von zwei Tagen wieder zu Hause sein. Sie gaben uns zu essen und sprachen über den Anführer, den sie aber nicht beim Namen nannten. Ich hörte, wie einer von ihnen seinen Vornamen erwähnte.«

»Welcher war das?«

»Hugo. Mehr wissen wir nicht.. Sie nannten ihn Hugo. Mehr gibt es nicht zu sagen.«

»Bewacht sie. Ich muss nachdenken.« Maitland nahm sein Pferd und ritt mit Alasdair, Connor und Dyna zurück zum Hauptweg.

»Ich denke, sie sind ehrlich«, meinte Connor. »Wir sind keinen Schritt weiter, mit Ausnahme des Namens Hugo. Sagt dir das etwas, Menzie?«

Maitland schüttelte den Kopf. »Ich glaube ihnen auch. Aber das sagt uns gar nichts. Wer auch immer diese Schurken sind, handeln sie vorsichtig, um ihre Spuren zu verwischen.«

»Ich denke, wir müssen die Patrouillen verstärken«, meinte Alasdair. »Jedes Gebäude durchsuchen. Wir haben genügend Männer, um ein großes Gebiet zu überwachen.«

Das Geräusch sich nähernder Pferde ließ sie aufhorchen, also wichen sie vom Weg zurück und warteten. Maitland sagte: »Hoffentlich ist das nicht wieder ein Hinterhalt.«

Dyna stellte sich neben ihn. »Das ist ein Hauptweg. Wahrscheinlich sind es die üblichen Reisenden. Versuche, deine Gefühle aus der

Sache herauszuhalten, Maitland. Es ist schwer, aber du musst es versuchen. Du kannst besser denken, wenn du einen klaren Kopf hast.«

Er tat sein Bestes, um das zu bewerkstelligen, aber er war am Boden zerstört, dass dies ein Fehlschlag gewesen war. Wo um alles in der Welt waren die Jungen? Wenn er ohne sie nach Menzie Castle zurückkehrte, würde sein Bruder den Verstand verlieren. Er tat sein Bestes, um sich zu konzentrieren und zu erkennen, wer sich näherte, aber was er dann sah, ließ ihn ernstlich an seinem eigenen Verstand zweifeln.

Maeve kam direkt auf ihn zu.

KAPITEL VIERZEHN

»ICH GLAUBE, WIR sind fertig, Q. Mach dich bereit.«

Die beiden Burschen stellten sich in gegenüberliegende Ecken, beide mit Blick auf die Tür. Der Boden war in der Nähe der Tür mit kleinen Steinen bedeckt, und sie hielten ihre Schleudern bereit.

Sie warteten und warteten, aber es kam niemand. Dann ertönten Schritte, als ob jemand auf sie zukäme, doch wer auch immer es war, drehte sich um und ging in die andere Richtung.

»Q, kannst du weinen oder so? Bring sie dazu, hierher zu kommen. Sag ihnen, du bist krank.«

»Aye.« Er stieß einen Schrei aus und rief: »Ich habe Hunger! Mir ist schlecht. Bring was zu Essen.« Dann brach er in Tränen aus, und Wiley befürchtete, dass er seine Schleuder nicht mehr benutzen konnte.

»Gute Arbeit, Q! Das muss jemanden herbringen. Jetzt sei stark für Mama und Papa. Onkel Maitland hat gesagt, wir müssen stark sein.«

Quillan wischte sich die Tränen weg und starrte

mit großen Augen auf die Tür. Wiley holte tief Luft und versuchte, seinen eigenen Hunger und seine Angst zu ignorieren. Auch er konnte tapfer sein.

Jemand hustete vor ihrer Tür, und dieses Mal kamen die Schritte immer näher. »Halt die Klappe. Wehe, ihr werdet krank. Wenn ihr kotzt, müsst ihr es saubermachen. Nicht ich. Ich bringe euch etwas Brot!« Dann lachte der Mann. »Mal sehen, ob ihr es fangen könnt, wenn ich es euch zuwerfe.« Er kam zum Fenster und warf ein Stück Brot hinein, aber es erreichte sie nicht, sondern landete auf dem Boden direkt vor dem Fenster.

Q stieß einen lauten Schrei aus. Der Mann fluchte, nahm einen Schlüssel, steckte ihn ins Schloss und murmelte. »Verdammte Gören.« Dann öffnete er die Tür und trat ein, wobei seine Füße auf die Steine trafen. Er verlor das Gleichgewicht und schwankte.

»Jetzt, Q!«, rief Wiley.

Die beiden schleuderten ihre Steine auf das Gesicht des Mannes, und er fluchte und hob die Arme, um zu verhindern, von den Geschossen getroffen zu werden. »Ich werde euch töten, Jungs. Wartet, bis ich euch erwische. Ich werde euch beide verprügeln.«

»Nein, das wirst du nicht. Wir sind Menzies. Lauf, Q!«

Die beiden rannten an ihm vorbei, die Schleudern noch immer fest in der Hand. »Du bist gemein«, sagte Wiley, als er an ihm vorbeiging. »Und hässlich.«

»Ich mag dich nicht.« Q hielt inne, um der

Wache von hinten ins Bein zu treten, aber eine Hand schwang herum und packte ihn.

»Du kleine Göre. Ich bringe dich schon zur Räson. Der Mann hatte Qs Arm fest im Griff.

»Hif! Hif mir, Wi!«

Wileys nächster Stein aus seiner Schleuder traf den Grobian genau ins Auge. Er heulte auf und ließ Q los.

»Ich bringe euch beide um!«

Die Brüder stürmten den Korridor hinunter. »Lauf, Q!«

»Ich komme«, keuchte er direkt hinter seinem Bruder. Sie rannten die Treppe hinauf und sahen am oberen Ende eine Tür. Wiley drückte dagegen und langte nach dem Türgriff, konnte ihn aber kaum erreichen. »Ich komme nicht ran, Q. Was sollen wir tun?«

Der Mann begann, die Treppe hinaufzusteigen, aber Wiley und Q warfen die letzten ihrer Steine. Der Mann rutschte aus, fiel rückwärts die Treppe hinunter und landete flach auf dem Rücken. Er stöhnte und hob den Kopf, dann lag er still.

»Wir müssen zur Tür raus, Q. Hilf mir, etwas zum Draufsteigen zu finden.« Er sah sich nach etwas um, auf das er klettern konnte, aber er sah nichts. »Meinst du, du könntest den Riegel betätigen, wenn du ihn erreichen könntest?«

»Wie damals, als wir die Honigkuchen vom Tisch stibitzt haben?«

»Ja, genau so.« Er ging auf alle viere, hockte sich tief hin, damit der kleinere Junge auf seinen Rücken steigen konnte, und streckte dann langsam seine Arme aus. Mit diesem Schwung konnte Q den Riegel erreichen. Die Tür schwang einen kleinen Spalt auf.

»Ich hab's gesafft!«, jubelte Q.

Wiley rappelte sich auf, und die beiden rannten zur Tür hinaus.

Dann blieb Wiley stehen und griff nach hinten, um die Hand seines Bruders zu nehmen.

Er hörte einen Schlachtruf und donnernde Hufe. Was war da los?

Kapitel Fünfzehn

MAITLAND WAR SO erfreut, seine Frau auf sich zukommen zu sehen, dass er beinahe geschrien hätte, doch dann schoss die Angst in ihm hoch. War etwa noch etwas passiert? Er trieb sein Pferd im Galopp auf die Gruppe zu. Alaric und Alick ritten zu beiden Seiten von Maeve.

»Was ist passiert? Warum bist du hier, Maeve? Bist du unversehrt?« Ihm steckte einen Kloß im Hals. Er konnte sich nicht rühren. Erst seine Mutter, dann die Jungen, jetzt seine Frau? Er konnte nur ein gewisses Maß ertragen.

»Nein, es ist alles in Ordnung«, antwortete Alaric. »Wir glauben, sie weiß, wo die Jungen sind.«

Connor trat zu ihnen. »Wenn du eine Ahnung hast, Maeve, sag es uns.«

Maeve sah Alasdair direkt an und sagte: »Maisie und ich hatten letzte Nacht denselben Traum, und sie erkannte die Männer darin – Hew und seinen Sohn Hugo. Hew ist tot, aber Hugo lebt noch. Wir glauben, dass er die Jungen in seiner

Burg festhält, aber wir konnten nicht sagen, welche Burg es war.«

»Papa glaubt, du weißt, wo sie liegt, Alasdair«, sagte Alaric. »Er dachte, Onkel Jake hätte euch einmal dorthin gebracht, um euch zu zeigen, wo es ist.«

Alasdair schloss die Augen und dachte einen Moment lang nach. »Das hat er. Ich werde es nie vergessen, solange ich lebe. Dubh Castle.«

Maeve begann zu schluchzen. Maitland stellte sich neben sie, beugte sich vor und hob sie hoch, um sie vor sich in seinen Sattel zu setzen. Von hinten schlang er die Arme um sie und sagte: »Gut gemacht, Liebes. Jetzt können wir sie finden.«

»Kannst du uns dorthin bringen? Wie weit ist es von hier?«, fragte Connor.

»Ein guter Ritt von hier. Es ist keine große Burg, aber sie liegt sehr gut versteckt. Ich habe eine Bitte an alle.«

Sie nickten alle. Sie wussten, was er wollte.

»Es ist dein Recht«, meinte Maitland. »Wenn wir die Jungen finden, gewähre ich dir dieses Recht gern.« Er wusste, dass der Mann das Unrecht rächen wollte, das seiner Mutter Aline vor so vielen Jahren angetan worden war.

Und wahrscheinlich auch Maeve, Morna und Maisie. Aber das würde er Maeve im Moment nicht antun. Sie sollte sich keine Sorgen um ihn machen müssen. Er würde die Jungen finden und dann mit ihr nach Hause gehen, damit sie ihr Leben als Mann und Frau beginnen konnten.

»Maeve, ich muss dich zum Menzie Castle

schicken. Wirst du dort auf mich warten? Meine Mutter wird sich freuen, dich zu sehen.«

»Wir werden sie begleiten«, erbot sich Alick.

»Meinen Dank. Du und deine Männer solltet über Nacht bleiben. Ich hoffe, dass wir später am Abend eine große Feier haben werden.«

Die Gruppen trennten sich, und Alasdair übernahm die Führung. »Ich kann mich nicht an viel über die Burg erinnern, aber es gibt dort Verliese in den Kellern, also seid euch bewusst, dass die Jungen dort versteckt sein könnten. Die Burg liegt auf einer kleinen Anhöhe und ist nicht leicht zu sehen. Ihre Fassade fügt sich in die umliegenden Felsen ein.«

»Fallgitter? Graben?«, fragte Connor.

»Ich erinnere mich nur an eine bröckelnde Mauer. Ihr könnt direkt in den Bergfried eindringen. Er hat drei Türen, eine an der Seite, und je eine weiter vorne und hinten.«

Die Gruppe, die sich nun auf den Weg dorthin machte, war sechzig Mann stark, denn es hatten sich noch einige aus Alicks Gruppe dazugesellt. Es dauerte noch eine ganze Weile, in der sie nur langsam durch den Wald vorankamen, bevor Alasdair sie aufforderte, leise zu sein. Dyna und er spähten voraus, wo Maitland eine felsige graue Erhebung hinter den Bäumen ausmachen konnte, und kehrten dann zu den anderen zurück, um ihren Angriff zu planen.

Dyna erklärte, was sie entdeckt hatten: »Im hinteren Teil befindet sich eine kleine Gruppe, die gerade ein Wildschwein brät. Nach der Qualität ihrer Kleidung zu urteilen, scheint der Anführer unter ihnen zu sein. Es wird für Alasdair ein Leichtes sein, ihn auszuschalten. Ansonsten gibt es eine Gruppe von zehn Männern auf der anderen Seite, die alle zu tief ins Glas geschaut haben. Keine sichtbaren Wachen, also vermute ich, dass die Jungen drinnen festgehalten werden.«

Alasdair nickte zustimmend. »Maitland, die Männer sind auf der rechten Seite des Bergfrieds und im hinteren Bereich. Links gibt es einen Seiteneingang, den ihr benutzen könnt. Ich nehme an, du willst selbst gehen, um die Jungen herauszuholen. Durch diese Seitentür gelangt ihr hinein, während wir rechtsherum gehen. Wen nehmt ihr mit?«

Dyna platzte heraus: »Ich! Ich gehe mit ihm.«

Maitland nickte. »Wir beide werden die Jungen finden.« Er war so zuversichtlich. Nun fügte sich alles zusammen, was er in den letzten ein oder zwei Tagen erfahren hatte. Maeve, Nesta, Callie. Die Dinge hatten eine stürmische Wendung genommen, aber es war eine gute. Die Jungen würden in kürzester Zeit sicher zu Hause sein, und er bekäme endlich Antworten auf seine vielen Fragen.

Leise rückten sie vor, und einige Kämpfer stiegen ab, während andere eine Reihe von berittenen Kriegern bildeten.

Maitland und Dyna gingen zusammen voran und fanden die Seitentür genau dort, wo Alasdair sie beschrieben hatte. Sie warteten in einiger Entfernung und lauschten auf den Beginn des Angriffs – ein Großteil würde außer Sichtweite stattfinden – und sie wollten, dass alle, die sich im Inneren befanden, hinausstürmten, um sich an der Verteidigung der Burg zu beteiligten, ehe sie hinein gingen.

Die Tür schwang auf, und Maitland zog sein Schwert. Doch zu seiner Überraschung krochen zwei kleine Jungen heraus und erstarrten.

Wiley und Q. Sie starrten sich einen Moment lang an, dann durchbrach Alasdairs Schlachtruf die Szenerie.

Die beiden Jungs rannten auf sie zu.

»Papa, wo bist du?« Dann fiel ihr Blick auf ihn. »Onkel Maitland!«

Maitland ließ sein Schwert fallen und sauste den Hügel hinauf, um die Jungen in Deckung zu bringen, für den Fall, dass der Kampf auf diese Seite der Burg übergreifen würde. Dyna lief mit ihm und verharrte dann mit einem gespannten Pfeil, für den Fall, dass ihnen jemand in die Quere kommen und aufhalten würde. Die Jungen stürmten im Laufschritt den Hügel hinunter, Wiley so schnell, dass Q, der hinter ihm zurückblieb, sich aber weigerte, die Hand seines Bruders loszulassen, zweimal stürzte und Wiley zwang, anzuhalten und ihm wieder aufzuhelfen. Maitland streckte seine Arme aus, die Tränen liefen ihm über die Wangen, und die beiden rannten in sie hinein, kreischten und redeten gleichzeitig. Er hob sie hoch, einen unter jedem Arm, und rannte in den Wald, wo Dyna wartete.

Q trat einen Schritt zurück und fragte: »Warum bist du so komisch, Onki?«

»Weil ich euch vermisst habe. Jungen weinen auch manchmal.«

»Du weinst und Dyna auch«, sagte Wiley. »Siehst du, ich habe dir gesagt, dass sie uns holen würden, Q.«

Dyna umarmte die beiden.

Wiley lachte, dieses ansteckende Lachen, das er immer parat hatte. Noch nie in seinem Leben war er so glücklich gewesen, zwei Menschen zu sehen. »Onkel Maitland, wir haben ihn mit unseren Schlingen erwischt und Steine auf den Boden gelegt und Q hat ihn getreten, als wir weggelaufen sind ...«

Die Seitentür öffnete sich erneut, und sie blieben stehen, um zu sehen, wer es war.

»Jungs, kommt wieder her!« Ein alter Mann stand vor der Tür und sah sich nach seinen vermissten Gefangenen um. Dann bemerkte er die Pferde und hörte das Handgemenge. Er schien die Jungen zu vergessen und rannte zur Rückseite der Burg.

Die Jungen versteckten sich hinter Maitland und beobachteten den Mann, als wäre er eine Hornisse, die jeden Moment zustechen könnte. »Ich habe euch, Jungs. Er wird euch nicht mehr belästigen. Lasst uns zu den Pferden zurückgehen.«

»Onki Mawin, ich bin hungig.«

»Ich glaube, ich habe etwas für dich.«

Als sie zu der Stelle zurückkamen, an der sie ihre Pferde angebunden hatten, war der Rest der Gruppe bereits auf dem Rückweg. Sie sahen aus, als hätten sie einen angenehmen Ausritt gemacht, mehr nicht.

Alasdair kam zuerst. Er kam direkt zu Maitland herüber und zerzauste beiden Jungen die Haare auf dem Kopf, wobei er trotz seiner wässrigen Augen lächelte. »Gut gemacht, Maitland.«

»Deine Eltern sind gerächt?«

Alasdair nickte. »Das sind sie. Und Maeve, Morna und Maisie und alle anderen, denen diese Schurken Schaden zugefügt haben.«

»Wo ist Papa?«, fragte Wiley.

»Er ist zu Hause geblieben, um deine Mutter zu beschützen. Wir reiten jetzt gleich zu ihnen.«

»Onki Mawin, reite ich mit dir?«

»Aye, Q. Wiley, auf welchem Pferd würdest du gerne reiten?«

Er deutete auf Alasdairs hoch aufragendes schwarzes Schlachtpferd. »Kann ich auf dem reiten? Oder mit Dyna?«

Dyna kam herüber und tätschelte Midnight die Nüstern, dem einzigen Pferd, das zu Ehren seines Vaters den Namen Midnight tragen durfte. »Dieses Pferd ist sogar noch besonderer als meins. Alasdair, was denkst du? Kann er euch beide halten?«

Das Pferd wieherte und warf seine Mähne hin und her. »Darf ich es streicheln?«, fragte Wiley.

»Hier ist ein Apfel. Gib ihm den. Er wird sanft sein. Er liebt Äpfel.«

Wiley hielt ihm den Leckerbissen hin, und das Tier senkte den Kopf, roch an dem Apfel und nahm ihn dann vorsichtig, während beide Jungen kicherten.

Maitland atmete erleichtert und glücklich auf. Er blickte zur Burg hinauf, und war dankbar, dass seine Neffen nicht mehr darin gefangen waren. Was für ein böser Mensch würde Kinder stehlen, um sie zu verkaufen? Schnell durchfuhr ihn ein neuerliches Schaudern.

»Dyna, passt du einen Moment auf die Jungen auf? Ich muss etwas überprüfen.«

»Natürlich.«

»Ich bin gleich wieder da, Jungs. Ich will mich vergewissern, dass die Burg leer ist und niemand mehr da ist, der uns belästigt.« Das war ein guter Grund für die Kinder. Er musste selbst etwas nachsehen.

Er schritt über den Hof, durch die Seitentür, die Treppe hinunter und in den Keller. Er blieb stehen, um alles in Augenschein zu nehmen. Auf der einen Seite gab es ein Lager, eine Vorratskammer und andere Räume, aber das interessierte ihn nicht sonderlich. Es war der andere Gang, der ihn anlockte.

Er fand eine brennende Fackel, nahm sie von der Wand und trug sie den Korridor entlang. Es gab vier Zellen, die alle leer waren. Als er an der zweiten vorbeikam, musste er lächeln, denn er wusste, dass dort die Jungen untergebracht gewesen waren. Überall lagen Steine, besonders an der Tür. Wie stolz er auf die beiden war!

Er ging zu der Zelle am Ende des Gangs, blieb stehen und schaute durch das vergitterte Fenster, um zu sehen, ob sie ihm bekannt vorkam. So war es. Es war sein Kerker gewesen.

Neue Tränen liefen ihm über die Wangen, als er diese schreckliche Nacht in seinem Leben noch einmal durchlebte. Er erinnerte sich nicht mehr an das Äußere der Burg oder an den Keller, denn er hatte abgeschaltet, als er Nestas leblosen Körper in den Armen gehalten hatte.

Er ging in die Zelle daneben. Das war es. Nesta hatte ihr Kind zur Welt gebracht und war dann in dieser Zelle gestorben. Er unterdrückte seine Schluchzer, wischte sich die Nässe von der Wange. »Ich liebe dich, Nesta, aber ich liebe auch Maeve. Ich werde dich nicht vergessen.«

Callie hatte recht gehabt. Alles, was sie ihnen gesagt hatte, war wahr.

Er ging wieder zur Tür hinaus und hörte das beste Geräusch aller Zeiten. »Onki Mawin! Gehn wir nach Hause?«

»Aye, Q. Wir gehen nach Hause.»

Dyna fragte: »Hast du gefunden, was du finden wolltest?«

»Aye. Das war der Ort.« Noch immer schockiert schüttelte er den Kopf. »Die ganze Zeit hatte ich gedacht, wir wären von den Engländern entführt worden. Aber es waren Schotten, die uns gefangen hielten.«

Wiley sah ihn an und fragte: »Weinst du schon wieder?«

»Aye, aber vor Glück. Ich kann es kaum erwarten, nach Hause zu kommen und deine Mama und deinen Papa zu sehen. Sie werden so froh sein, euch wiederzuhaben, Jungs.« Er griff in seine Satteltasche und meinte: »Hier. Ich habe etwas Trockenfleisch für euch beide zum Kauen.« Er gab jedem von ihnen ein Stück und sagte dann: »Bist du bereit, Wiley? Bereit, auf Midnight zu steigen?«

Wiley nickte.

Alasdair stieg auf und sagte: »Komm hoch. Du kannst ihn von hier oben streicheln, während er an einem weiteren Apfel kaut.«

»Er hat große Zähne.« Wiley quiekte, als Dyna ihn auf das mächtige schwarze Schlachtross hob und ihn vor Alasdair setzte. Dann stieg Maitland auf, und Dyna half dem kleineren Jungen vor ihm in den Sattel. Beide Pferde bekamen ihre Äpfel.

Q drehte sich um und fragte: »Können wir jetzt Mama und Papa sehen?«

»Aye, wir reiten jetzt zu Mama und Papa, ihr kleinen Krieger. Hier ist ein Stück Käse für dich.«

Maitland hätte ihn am liebsten den ganzen Weg nach Hause festgehalten, aber er hielt sich zurück.

Die Tränen? Die konnte er nicht zurückhalten.

KAPITEL SECHZEHN

MAEVE HATTE DIESELBEN Gefühle wie alle anderen auch. Zuerst die Angst, dass die Jungs nicht gefunden werden würden, dann die Hoffnung, sie würden nach Hause kommen.

Tomag hatte mit seinem Vater und einigen anderen Kriegern an der Grenze des Menzie Gebiets gewartet, um den Trupp zurück zu begleiten.

Avelina und Drew hatten Maeve mit offenen Armen empfangen und sich gefreut, dass sie den Mut zur Reise gefasst hatte.«

»In meinen und Gottes Augen seid ihr so gut wie verheiratet«, hatte Drew gesagt. »Wir heißen dich im Menzie Clan willkommen, Maeve. Unser Sohn ist manchmal ein bisschen stur, aber es gibt auch viel an ihm zu lieben.«

Darin hatte sie ihm von ganzem Herzen zugestimmt.

Als sie oben auf der Brüstung neben Avelina und Ada stand, in der Hoffnung, einen Blick auf zwei kleine Jungen zu Pferde zu erhaschen, ertönte der Menzie Schlachtruf über die Landschaft, noch bevor sie einen einzigen Reiter zu Gesicht bekommen hatte. Aus allen Ecken des Menzie Gebiets erscholl Jubel.

Es war Maitlands Stimme, die sie zum Weinen brachte. Sobald sie den kleinen Jungen auf Maitlands Schoß erblickte, sackte sie an der Wand zusammen und schluchzte über all das Leid, das ein schrecklicher Mann und sein Erbe verursacht hatten. Sie dachte an die Ermordung ihrer Mutter, während sie selbst noch so jung gewesen war, dass sie nicht einmal eine Erinnerung an sie hatte. Sie dachte an Maisie und Morna und Aline, daran, dass Callie gesagt hatte, Maitlands Frau sei am Verlust ihres Kindes gestorben, und dass sie aus demselben Grund entführt worden sein könnten. Alles fügte sich zu einer bösen Intrige, einem Betrug und einer Grausamkeit zusammen, wie sie es sich nie hätte vorstellen können.

Wie sehnlichst sie betete, dass dieses Erbe endlich ein Ende haben möge.

Die anderen waren schon die Treppe hinuntergelaufen, als die kleinen Stimmen zweier Jungs zu ihr drangen. »Mama! Papa! Wir sind wieder da! Schaut mich auf dem großen Schlachtross an! Er mag mich auch.«

»Mama, kann ich ein Stück Torte haben?«

Maeve eilte die Treppe hinunter, um die kleinen zurückgekehrten Helden zu begrüßen. Und auch Maitland und die anderen Männer.

Ehe sie sich versah, legten sich zwei Arme um ihre Taille, zogen sie fest an sich, und der Duft ihres geliebten Mannes verriet ihr, wer es war. Sie schluchzte und schluchzte, als könne sie ihren Körper endlich von dem Albtraum befreien, der sie so viele Jahre lang gefangen gehalten hatte. So sicher, dass er endlich zu Ende war, zog sie ein kleines Stückchen karierten Stoff aus ihrer Rockfalte, küsste es und ließ es in die Luft fliegen.

Sie ließ die Vergangenheit hinter sich und schwor sich, dieses neue Leben anzunehmen.

EPILOG

»BIST DU SICHER, dass du nicht allein sein willst?«, fragte Maeve. Sie wollte Maitland diese Zeit allein gewähren, wenn er sie brauchte. Ihr Mann war tatsächlich der Hüter ihres Herzens geworden, und sie liebte ihn. Und Kyla hatte recht gehabt. Seit sie in Maitlands Armen geschlafen hatte, waren ihre Albträume ausgeblieben.

Maitland drückte ihre Hand. »Ich war lange genug allein in meinem Leben.«

Er hatte ein provisorisches Grab für Nesta angelegt, einen Ort, an dem er ihr Andenken ehren konnte, wenn es auch keine Knochen zu begraben gab. Viele Male hatte er im Laufe der Jahre versucht, genau das zu tun, aber am Ende hatte er das Vorhaben nicht in die Tat umgesetzt. Jetzt war der richtige Zeitpunkt gekommen. Er hatte ein wunderschönes Holzkreuz für ihren Grabstein geschnitzt, damit sie auf dem Friedhof des Clans Menzie vertreten war. Er kniete nieder und platzierte es genau an der richtigen Stelle, ehe er dann einen Strauß aus roten Beeren, Tannenzapfen und Stechpalmen vor das Kreuz legte. Seine Mutter hatte es zum Andenken an Nesta angefertigt.

Er sprach ein kurzes Gebet und wollte sich gerade abwenden, als eine seltsame Vision vor ihnen auftauchte. Ein bebendes Gesicht wurde zu einer schönen rothaarigen Frau in einem wallenden weißen Kleid.

»Sind das Engelsflügel?« Maeve flüsterte. »Siehst du sie, Maitland?«

»Aye, ich sehe sie. Und das sind ganz bestimmt Engelsflügel.« Beide blickten sie auf die Frau, die Maeve seltsam bekannt vorkam.

Sie schlug die Hände über dem Kopf zusammen und sagte: »Oh, ich verstehe. Ich dachte, es könnte ein Problem geben. Nur einen Moment.« Dann verschwand sie und kam viel kleiner zurück. »Ist es jetzt besser? Erkennst du mich jetzt?«

»Callie! Du warst also nicht real, oder?«, fragte Maeve, während sie die Hand ihres Mannes drückte.

»Ich bin sehr real, aber ich lebe nicht in eurer Welt. Ich habe getan, was ich für zwei sehr sture Menschen tun musste. Ich musste euch dazu bringen, mir zu folgen, und ich wusste, dass ihr niemals einem Erwachsenen folgen würdet. Es musste ein Kind sein. Ich habe immer wieder versucht, euch zusammenzuschieben, aber ihr habt einfach nicht auf mich gehört. Es ist schwer, so viel Schmerz zu verdrängen, wie er in euren beiden Herzen steckt. Aber es war an der Zeit, nach vorn zu schauen. Das Universum hat es so bestimmt.«

»Das Universum?« Maitland hatte so ein Wort noch nie gehört.

»So nennen wir Engel unsere Welt. Die gesamte Schöpfung. Wir versuchen, euch zu leiten, damit ihr eurer Aufgabe hier im Leben gerecht werden könnt, aber manchmal ist es schwierig, durch all den Radau gehört zu werden. Ihr zwei hattet zu viel Lärm im Leben, also haben wir beschlossen, euch etwas davon wegzunehmen.«

»Weg?«, fragte Maeve.

Die kindliche Vision kehrte in ihre erwachsene Gestalt zurück. »Du musstest über den Verlust deines Vaters hinwegkommen und mit deinen Albträumen fertigwerden, Maeve. Und Maitland, du musstest die Wahrheit erfahren, dass Nestas Tod nicht dein Verschulden war. Ihr würdet es nur glauben, wenn ihr es von ihr hören würdet, was die Sache ein wenig schwierig machte. Wie ihr wisst, erscheinen Engel normalerweise nicht den Lebenden, aber dies war etwas Besonderes. Bitte teilt unser Erscheinen nicht mit zu vielen. Nicht, dass viele euch glauben würden, aber wir ziehen es vor, es geheim zu halten. Andere wären enttäuscht, dass es ihnen nicht passiert ist. Mache ich mich verständlich?«

»Du bist also unser Schutzengel?«

»Ich bin euer *leitender* Engel. Euer Schutzengel ist jemand anderes. Sie ist diejenige, die dich zu Alex und Maddie geschickt hat, Maeve. Dein Schutzengel, Maitland, beschützt dich auf dem Schlachtfeld. Aber ich musste mich mit dieser Liebesheirat beeilen. Es war nicht mehr viel Zeit.«

Maitland sah Maeve an und fragte: »Zeit? Wird etwas passieren?«

»Euer Kind muss geboren werden, und bald wird Maeve nicht mehr in der Lage sein, es auszutragen. Ich konnte nicht länger warten.«

Maeves Augen weiteten sich. »Wir werden ein Kind bekommen?« Ihre Hand wanderte direkt zu ihrem Bauch und rieb sanft darüber. Maitlands Hand bedeckte ihre.

»In etwa acht Monaten. Ich habe euch in jener Nacht ein wenig ermutigt, und glücklicherweise habt ihr den Wink verstanden. Dein Sohn hat geduldig gewartet, und er wird ein langes Leben haben. Du wirst nur ein Kind haben, aber es wird ein ganz besonderes sein. Vertraut auf das Universum, seid gütig und genießt eure Liebe.«

Als ihr Bild zu verblassen anfing, winkte sie und warf ihnen einen Kuss zu. »Und um Himmels willen, passt das nächste Mal besser auf!«

ENDE

http://www.keiramontclair.net

L IEBE LESER UND Leserinnen,
Ich wünsche Ihnen die glücklichsten und gesündesten Feiertage, was auch immer Sie feiern mögen!

Ihre
Keira Montclair

WEITERE BÜCHER VON KEIRA MONTCLAIR

LILY aus den Highlands – Buch Drei
JAKE aus den Highlands– Buch Vier
ASHLYN aus den Highlands– Buch Fünf
MOLLY aus den Highlands– Buch Sechs
JAMIE UND GRACIE aus den Highlands –
Buch Sieben
SORCHA aus den Highlands – Buch Acht
KYLA aus den Highlands – Buch Neun
BETHIA aus den Highlands – Buch Zehn
LOKIS WINTERREISE – Buch Elf
ELIZABETH aus den Highlands

DIE BANDE DER COUSINS
1-Highland Rache
2-Highland Entführung
3-Highland Vergeltung
4-Highland Lügen
5-Highland Stärke
6-Highland Verehrung
7-Highland Treue
8- Highland Kraft

HIGHLAND HEILERINNEN
Der Fluch von Black Isle
Die Hexe von Black Isle
Die Geißel von Black Isle
Die Geister von Black Isle
Das Geschenk von Black Isle

HIGHLANDSCHWERTER
DER VERRAT DER SCHOTTIN
DIE SCHOTTISCHE SPIONIN
DIE JAGD DES SCHOTTEN

DIE PRÜFUNG DES SCHOTTEN
DIE TÄUSCHUNG DES SCHOTTEN
DER ENGEL DER SCHOTTEN

HIGHLAND JÄGER
Der Konflikt der Schotten #1
Der Verräter der Schotten #2
Der Behüter der Schotten #3
Der Schwur des Schotten #4

WEITERE BÜCHER
DIE VERBANNUNG DES HIGHLANDERS
FLUCHT IN DIE HIGHLANDS

DIE CHRONIK DER SEELENVERWANDTEN
Einem Highlander vertrauen
Einem Schotten vertrauen
Einem Anführer vertrauen

TRILOGIE SHAWS UND MACROBS
Buch 1 Highland Fehde
Emma Prince

Buch 2 Highland Verführung
Cecelia Mecca

Buch 3 Highland Geheimnisse
Keira Montclair

ÜBER DIE AUTORIN

Keira Montclair ist das Pseudonym einer Autorin, die mit ihrem Ehemann in South Carolina lebt. Sie schreibt aufregende historische Romane, oft mit Kindern als Nebenfiguren.

Wenn sie nicht schreibt, verbringt sie gern Zeit mit ihren Enkelkindern. Sie hat als Highschool-Mathematiklehrerin, als Krankenschwester und als Büroleiterin gearbeitet. Sie liebt Ballett, Mathematik und Rätsel, lernt gern neue Dinge und hat Spaß am Erschaffen neuer Figuren, in die sich ihre Leser verlieben können.

Sie ist erst mit ihrem Werk zufrieden, wenn ihre Leser Tränen über ihre Geschichten vergießen, aber zum Schluss gibt es immer ein Happy End!

Ihre Bestseller-Reihe ist eine Familiensaga, die das Leben zweier mittelalterlicher schottischer Clans über drei Generationen hinweg verfolgt und mittlerweile über dreißig Bücher umfasst.

Kontaktieren Sie sie über ihre Website: *www.keiramontclair.net*.